U0837219

老秋的诗 II

LAOQIU DE SHI II

老 秋◎著

时代出版传媒股份有限公司
安徽文艺出版社

图书在版编目（CIP）数据

老秋的诗. II/老秋著. —合肥：安徽文艺出版社，2018.6（2023.4 重印）
ISBN 978-7-5396-6360-9

Ⅰ. ①老… Ⅱ. ①老… Ⅲ. ①诗集－中国－当代
Ⅳ. ①I227

中国版本图书馆 CIP 数据核字(2018)第 108466 号

出 版 人：姚 巍
责任编辑：胡 莉　　　　装帧设计：褚 琦

出版发行：安徽文艺出版社　www.awpub.com
地　　址：合肥市翡翠路 1118 号　邮政编码：230071
营 销 部：(0551)63533889
印　　制：阳谷毕升印务有限公司　(0635)6173567

开本：880×1230　1/32　印张：10.125　字数：200 千字
版次：2018 年 6 月第 1 版
印次：2023 年 4 月第 2 次印刷
定价：35.00 元

目　录
CONTENTS

自序:写诗是寻找另一个自己　001

第一辑　南山的花

尘埃之眼　003
穿越　005
天边　007
原谅　008
南山的花　009
原来可以这样悲伤　011
虚拟的弓　012
在时间深处　014
这样活着　015
百灵鸟　016
冬日窗花　017
远方　018

眼眶里的舞者　019
我相信能飞起来　020
轻呢　022
子夜的小村　023
蔓草　024
滴着雨水的春天　025
小怪兽　026
写给岁月的情书　027
禅意的底色　028
命题　029
拨清波　030
桃花落　031
静听夜雨　032
风过的街道　033
梦里水乡　034
归岸　035
晚　036
望乡　037
月光如水　039
地图上的故乡　040
风吹麦浪　041
梨花又开放　042
和一只鸟说话　044

云上的日子　046
雨后　048
雨在下　049
风吹故乡　050
窗棂　051
合欢花　053
门　054
蛙鼓蝉琴　055
借给蝴蝶一对羽翅　056

第二辑　缓慢

窗口　059
雨水挪走我的晨光　060
鸽子飞远了　061
被装帧的岁月　062
蓦然　064
春风拂面　065
煮茶的人　066
光芒　067
老院子　068
萤火虫　069
一半　070
寄居者　071

平行线　072
缓慢　073
与思念拔河　074
一直很安静　075
回到古代　076
绿皮火车　077
谦卑的王者　079
在抽象的雨中　080
麋鹿　081
夭桃　082
怎么说呢　083
绿袖子　084
香气　085
蝴蝶犬　086
穿越雾霾　087
坏孩子的天空　088
提着马灯的人　089
我一直在路上　090
十年　092
佛灯　093
我不能独自占用春光　094
慢火车　095
一个人的江南　097

季节之灯　098
寂寞的眼睛　099
向美好的事物低头　100
和一场雪对坐　102

第三辑　秋草黄

和树做朋友　113
安静的芦苇　115
低处的阳光　116
初秋　117
当中年来临　118
秋草黄　119
北方以北　120
我的花园　122
花开的声音　123
微风细雨　124
秋天的蟋蟀　125
入深秋　126
晚霞的翅膀　127
欢乐的田野　128
秋　129
两忘烟水里　130
和机器对抗　131

江水向前　132
半个人　133
空心树　134
咬人的月亮　135
日落之前　136
一个人的麦田　137
对长亭晚　138
又一季秋凉　139
秋味　140
一只鸟飞过　141
芦苇半枯　142
风言风语　143
傍晚,一场雨的情绪　144
秋天,为一片落叶写真　146
蚂蚁　147
秋风萧瑟　148
无限　149
禅意的门外　150
秋天的味道　151
我的江南秋色正浓　152
一个人的旷野　153
原谅夜晚　155
秋月如烟　157

铃兰幽幽　158
路过秋天　159
九月九登高　160

第四辑　享受

我应该这样爱你　167
午后的微风　168
临水芙蓉　169
当我老了　170
静静地生活　171
大风起　172
长久时　173
灯下书　174
如果爱下去　175
倾听风声　176
微凉的四月　177
享受　178
紫色的花海　179
棉质男人　181
寓言　182
流光　183
风尘误　184
短　185

长　186
薄　187
春天　188
微雨微语　189
今夜,穿过琴弦的月光　191
春天　193
在你身上流动的河　195
春天的欲望　196
此夜　197
告别四月　198
叫醒远方　199
故乡上空的月　200
纸上的春天　201
来吧　203
在春光里做一个无所事事的人　204
那些坛坛罐罐花花草草　205
浅浅春色　206
见证一场季节之风　207
轮回　208
似水流年　209
那海面上飞奔的马群　211
羚羊过山冈　213
吹动的情绪　215

动听的生命　217
四月飞花　219
风居住的街道　221
生旦净丑　224
一个人的江湖　228

第五辑　放下远眺

花语　241
向一棵树致敬　242
放下远眺　243
讯息　244
昙花痛　245
我拒绝　246
倒影　247
根　249
与梅语　250
有雪的日子　252
蓝月亮　254
邮票　255
一张空白的纸张　256
想象一个下午　257
隐形的朋友　258
时间密码　259
在地面上翻看月亮　260

当时光停留　261
在长江下游　262
这是美的　263
在天空的面前　264
镜子的背影　265
风生水起　267
被雷声碾过的黄昏　268
空格子　269
浅醉　270
在时间的针脚里　271
离骚　273
残荷　274
微风隐匿的生活　276
只闻茶香　277
梅语　278
青黄　279
朴素　280
行走　281
青石板　282
秋浦歌　284
马鞍山行吟　287

老秋的微笔记(代后记)　293

自序:写诗是寻找另一个自己

每个人的内心都有一个梦,每个人的梦里都有一片缤纷的花园。如果要问到我的梦,可以毫不夸张地说,我所做的就是诗歌梦。

1989年的春天,一粒文学的种子悄悄地植入我的心田。这么多年了,它虽然没有长成茁壮的大树,但给我带来无限的温暖和美好。不由得感叹,那时我是懵懂、无知的小伙子,现在人到中年,我依然如此冷静、真挚地爱着诗歌,就像信徒,坚持自己的信仰,走在朝圣的路上。回首岁月,多少个夜晚,在一盏橘黄的灯下,我默默读诗写诗,沉湎于诗歌散发的魅力之中。有时忧伤,有时感动,不变的是对诗歌的深情与守望。

我保留了自爱上诗歌以来所有写诗的文字稿,像一名专业档案员,把它们锁进黑漆漆的柜子里,集中管理。偶尔想起来,打开它们,随便地翻翻,也是一件有意思的事情。请允许,我在这里说的不是“有意义”。正如有朋友问我,写诗有什么意义?

我的回答就是没有意义，但很有意思，这已足够。我看见朋友闪过一阵失望的目光，仿佛责备我怎么这么世俗。是的，诗歌就是一个人的爱好，只有坚持，才能品出其中的艰辛与疼痛。

当人们称呼我为诗人的时候，其实我充满惭愧。我的定义就是一个诗歌练习者，应该比诗歌爱好者要前进一步，离诗人的桂冠，还有一段漫长而无望的距离。

诗人，应该怀揣理想，敢于担当，融入生活的潮流。可我总是在自己的内心穿越，所写的诗，没有大题材，也缺乏大抱负，只是一些小情小调所流动的情绪和想象，被我独自哼唱出来而已。我甚至对此充满怀疑，这写的是诗歌吗？以前写作时总要把诗歌放上时日，回过头来，认真修改，像打磨一件艺术品一样。现在恰恰相反，瞬间的灵感，宣泄之后，我不再逐字逐行地推敲，而是原汁原味地记录下来。这巨大的反差，谈不上谁优谁劣。就我而言，诗歌不论是稚嫩的还是老练的，只要保持原生态的本质就好，也许最初的生长，不应该得到修剪、嫁接等等人为的痕迹。

我是怀旧的，某种程度上，患上了一种叫作怀旧的病。众所周知，怀旧是老去的标记。可我常常发呆、愣神，仿佛怀旧像一个看不见的隐形朋友，与我对话，倾听我的喃喃低语。是诗歌陪伴在我的身边，是诗歌与我不离不弃。

源自对诗歌本能的热爱，我没有对诗歌充满厌倦。曾经搁笔了五年的时间，自己还是思考着写作的方向，寻求另一种突破。诗歌是语言的艺术，诗歌所承载的空间很小。这就要求我在诗行之间，必须构建自己的梦境。我离不开诗歌。哪怕今后一个字、一首诗都不写，我也要用心地体会诗歌的温度，像美玉一样淡淡地释放光华。

2013年4月7日，印刷厂将我的第一本诗集《老秋的诗》送达我的家中。一晚上，我都没有睡觉，那种激动的心情无以言表。真想找个人，向他谈谈我写诗的艰辛，分享我出书的快乐。之后，我将此番经历告诉了众多朋友，朋友们皆笑，说我有分娩的感觉。的确是这样，我不知道别人出书后是什么感觉，而我就是一种忐忑、不安和幸福。

诗情不改，恍然一梦。现在我的心态逐渐淡定下来，诗歌并不能改变我们的生活，但总能唤醒记忆，特别是诗歌像点亮夜晚的一盏明灯，让我伫立在苦难的源头，如一朵单纯清丽的花儿，微笑绽放。

每个写诗的人都有自己钟情的意象。我也不例外。我经常用到的意象是月色、风、杨柳、背影、鸟鸣等等，仿佛这些意象组合起来，就能串起我的童年、少年，乃至中年。

前几年，我的诗歌创作势头高涨，一年的产量在50首左右。今年，我有意识地放慢写诗的速度。因为在大量的诗歌练习中，产生了许多意象重复着以前的情景，这是写诗的一种硬伤。如果总是重复着自己，那么不写也罢。诗歌应该是创新的活动，本质上属于安静的写作，它绝不是喧嚣的尘埃和噪音。

两位诺贝尔文学奖得主，瑞典诗人特朗斯特罗姆至今共发表163首诗，中国作家莫言谈到获奖后的生活，面对外界的质疑，认为“写作也是一种发声”，自己盼望重新返回书桌，安静写作。我想这就是写作的最终境界。不受外界诱惑，守住自己的底线，让诗歌慢下来，我们可以从容地品尝生活沏的一杯茶，酽苦而又清香。

熟悉我的朋友知道，我写诗做人的原则是不拜码头，不占山头，不出风头。生活是伟大的诗，平安是回家的路。有的时候，看起来是吃亏的，但时间一长，我自在安宁。喝点小酒，写些小诗，过小日子，这样子挺好。心有大美，诗意无处不在。一切赞美或是否定的，一切同情或是歌颂的，我继续沿着自己的轨道，兀自旋转。哪怕我是一只寂寞的蝉子，也会在午后放开嗓子，而那些风中一颗颗团聚的露珠，它们的存在，不过就是我放下疼痛的时刻。

这么多年，怀着一颗卑微之心，敬畏诗歌、感恩诗歌。诗歌让我收获很多，比如发表、获奖以及与诗歌的情谊，这些都是珍贵的礼物。我却无以回报，只有更加真诚地爱诗、写诗。

在人生的不同时期我会经常反思、反省一个问题，为什么写诗？是啊，不写诗又能怎样。而当我在寂静的夜里，听见内心，它似乎期待着，期待在我未知的地方，寻找另一个自己。我豁然开朗，在一盏灯下，守着纯洁的诗心，陪伴时光悄悄地滴落。写诗就是为了和另一个自己相逢。我想，真的好！

2016年7月，我有幸入选首批“马鞍山市中青年作家创作方阵”；2016年7月，我加入中国作家协会。这次《老秋的诗Ⅱ》入选“2017年马鞍山市文艺创作重点项目”，受到马鞍山市文联的资助和支持，非常感谢领导和老师们对我的关怀与厚爱。深为感激，温润内心。

对于诗歌，我没有更多高深的见解，也没有什么高大上的宣言。我只想安静地写着，在诗歌中忧伤着我的忧伤，快乐着我的快乐，幸福着我的幸福。诗歌永远在路上。发表在《天津文学》2014年第4期的诗歌这样写道：“我一直在路上/木槿花悄悄地开，苦楝树/一声声喊苦/我卸下一吨的落日，把夜晚重新装订。”

愿每一个热爱诗歌的人梦里有诗，诗梦飘香。我是这样深深地祝福着……

2018年4月于马鞍山

第一辑　南山的花

整个南山除了花朵的芳香
灌满胸腔
没有什么让我如此沉醉

尘埃之眼

每一粒尘埃都有透明的眼睛
我确信，它们涌动的梦
一定是蔚蓝色的
它们沿着祖国山川河流的曲线
连绵起伏

它们是一群小精灵
穿梭自如
它们闪烁着一道道清澈的光辉
目睹人世，不诉离歌

它们与我一样
都是月光下流浪的孤儿
我始终不曾见过它们的身影
但明白——
这些尘埃也在开着花朵

要不然，我怎能感知

一颗小小的泪——
因为有了飞翔,它们开始湿润起来

穿 越

回到唐朝,我愿做李贺的仆童
为他引着驴,不急不慢地走进春天深处
一团血,桃花雨
一张素笺上盛开沉醉的忧伤

装入香囊
到达李清照的窗前,一朵菊花
似乎比昨日
开得更愁
划一只舴艋舟,寂寞如雾锁在江南

我不学庄子
大鹏展翅,一日千里
我只是一个过客,隐姓埋名
在前院种柳
在后院栽一株梅

如果你看到二三稚子
请喊他们的乳名,他们一定嬉闹着

像一阵风
推开柴扉，我煮好的花雕酒热气腾腾
我们对饮、高歌，继续相爱

天 边

天边,没有栅栏
没有水泥丛林
没有雾霾和噪音
我只能仰望,却不能抵达
在天边,这颗容易受伤的心
让一只鸟
代替我的飞翔
沿着一缕星光铺成的音阶
我摒弃杂念
把自己
燃烧成一把红彤彤的诺言
我还在这里啊——
天边,唯有我与你共同呼吸
你把忧伤赠予我
我把悸动归还你

原　谅

我是一个木讷的人
敢于这么肯定，我是不讨喜的
在人多的时候
拒绝一个人的秘密
被香水烈酒发酵

我习惯独处，愿意对着静谧的星空
喃喃低语
那萦绕在我们之间，一定是清澈的河流
祈求最后的宽恕

原谅我吧——
非要打击自己，恍若窗玻璃上的一片霜花
渐渐碎裂
还在抱紧一具疲惫的肉身

南山的花

整个南山除了花朵的芳香
灌满胸腔
没有什么让我如此沉醉

昨夜的枕边书
一个书生隐匿于江湖之中
如果他来到南山
会不会和我一样
采集一瓣瓜子般的疼痛

这是南山，桃花杏花李花
它们待字闺中
都是我的好姊妹
它们比我更加热爱春风和生活

一滴雨到达我的背面
一万朵花张开红唇
我在南山之南，如一只蝶

不渡沧海

反而裹着一朵云,寻找来时的路

原来可以这样悲伤

一片河床
面对天空，彻底摊开
没有留住眼泪、雨水
以及飞舞的雪花
就这样，孤单单地袒露着自己的悲伤

原来，世间的万物
悲伤的源头
各不相同
这一次，我想到了春天
柳条拂动，抽打我单薄的背影

虚拟的弓

一张虚拟的弓，它在墙壁上
悬挂着，灰尘遍布
如果谁听到了一缕破空袭来的风声
请不要惊异——
那正是它所散发的热力
回荡的幽鸣

一张虚拟的弓，寻找早年的期待
走失民间的英雄
活成一块岩石，依然梳理着万丈青丝
谁涉水而过
谁又绕到了月亮的背后
捧起一把微凉的乡愁

一张虚拟的弓，隐入时间之殇
它寂寞的身影
伴随一个夜归人，捻亮眼神
穿行梅雨季节

不断放大潮湿的力量
似乎要将这笼罩世界的幕布瞬间撕开

在时间深处

在时间深处,请允许我
从容且优雅地老去
像一株清瘦的竹子,逐渐收紧
自身的生长

在时间深处,我并不盘算
一粒尘埃和一片树叶的重量
孰轻孰重,风中自有
涌动的呼唤

在时间深处,我只想为自己
写一首诗
证明这个人曾经来过,对于世间
爱一半,恨一半

在时间深处,我可以告慰
漂浮的命运,沿着手掌的纹路
相约安静,一枚雪花
模仿蝴蝶的姿势,至今还没有飞走

这样活着

我愿意，这样活着
像一棵伫立悬崖的树
风餐露宿
眺望远方

我愿意，这样活着
像一头畅游大海的白豚
掀起碧涛
无穷无尽

我愿意，这样活着
像一道劈开内心的闪电
转瞬即逝
留下美幻

我还愿意，这样活着
像两岸青山的一抹流云
如果你看见了——
一定会发现我清爽又单纯的微笑

百灵鸟

这只百灵鸟，一定从我的梦中飞过
否则怎会——
留下一串翠绿的鸟鸣

我叫不出它的名字，插满烛火的夜晚
隐藏飞翔的痕迹
它衔着一朵沾满露水的花瓣，向谁倾诉
又向谁俯下身子

秋天的典籍，被大风掀开
我捂住双眼和大地徐徐撤退，在时光背后
百灵鸟，仿佛一位老朋友
至今还在老地方等我
轻轻地溅响一窗月色

冬日窗花

我还未到达故乡,就有一对窗花
在眼前闪烁
似乎我与它们,有了某种血缘的共振

灶台热气腾腾,檐下的冰凌一寸寸生长
世界缩小成一枚邮票
被窗花盖上漂亮的邮戳
我悬挂的心,从一抹霞光中
漾开浅浅的笑声

整个冬日,我盼望着发生一场奇迹
整个村庄,因为窗花——
测出岁月温暖的深度

远　方

有些时候
我总想跑到远方
仿佛一片树叶，在风中
消失不见
但这么多年了，我还是在这里
接受阳光的恩赐与抚摸
接受人间
不可预见的悲欢

眼眶里的舞者

这一次
蝴蝶从雪白的镜中返回
命薄的人
怎能承受孤单的泪水

这一次
我猝然心惊
与一只蝴蝶相遇
却夺去了我整个青春

自由的舞者
在一根弦上旋绕
飞向哪里
落到哪里
被火焰抬到更高的远空

我相信能飞起来

我把我的热血、气力
隐藏在一双翅膀里
悲伤的时候，我会腾空远游
饮流岚
和清风相伴，再回到黑夜的深处
保持静止的飞翔

甚至一滴水
也不能漫过我透明的眼睛

这世间的一切
带着刀的疼痛，还有穿过星辰的梦境
但我只想——
和稻草人一般
守望亲亲的故园，不离不弃

我始终相信，自己能飞起来
风吹草绿

大道无垠，我敞开胸怀
将内心的低语洒落成一场细雨微澜

轻 呢

如果轻,我要轻得彻底
像羽毛
跳着自己的舞蹈
谁说孤独呢
瞧,这轻——
让我有所依靠,沿着气流
上升或下降
如此炫目,不可阻挡
我横穿八百里山川
拥抱明月
我就这样放弃了所有的挣扎和抵抗
一头撞进你的怀里
嘘,轻
终于承认我是轻轻,被风
吹落万古的乡愁
你看不到我的内心,时时刻刻
都有一片羽毛
成为大地思念的背影

子夜的小村

风吹过小村
像是一把蒲扇
静静地摇动
一朵又一朵幽静的梦呓

被溅醒的时光
在月色下
一滴露尚未形成
一头老牛缓慢地反刍往事

我嗅到
怀旧的气息
在一株青草之上蔓延

我看见自己的内心
被子夜包围
回到小村的深处
期待着披上一条晨曦的纱巾

蔓　草

蔓草多坚强！它从不
无力呻吟，或是在低沉的日子
一味蜷缩自己

它比我更富有耐力与心机
沿着蔓的曲线
错落有致，弥补干涸的隙缝

它，要么就是一大片
葱郁、蔓延，高低起伏，足够对付
北风的刺刀

滴着雨水的春天

枇杷、杏子、翠竹
它们在春天
醒着，一天一天长大
雨水顺流而下
不请自来
时而滂沱时而淅沥
我架起望远镜
对着远方
故乡剩下一张模糊的脸
这个春天
雨水静静洗礼
请宽宥我，觉得自己太小了
不够辽阔
一串串雨水
敲打着屋外的白铁桶
此时，我与一望无际的春天
站到一起

小怪兽

很久没有想念了
我牵着一只小怪兽
悄悄地行走
我的梦境干净而又饱满

我不知道小怪兽的名字
也不知来自何方
满地的落英
在我们身后飘起

树林边缘
一条弯曲的溪流
拦腰截断——
我和小怪兽的去路

月光之下
一柄利刃消退光芒
我的小怪兽一直醒着
聆听远方的呼唤

写给岁月的情书

岁月里，第一封情书
最先是种子写的，一同被雨露孕育
第二封情书
是叶子写的
扬起羞怯的笑靥
第三封情书
是月光写的
照着夜归人回家的路
第四封情书
是一群鸟写的
飞过高山大河，又在一滴泪水中相逢
我想还有最后的情书吧
毫无意外，那是我——
久久撕裂的疼痛
对谁都不说，对世界闭紧嘴唇

禅意的底色

风是旧日的风
今年又来了
这有什么不同,风是风
我是我

风总是暖的
软和、恬静
像是一块糍粑
我慢慢地啃着,怎么啃
也啃不够

风不急不慢
吹拂寺庙里的一座铜钟
风动
我不动
钟声从心底升起

命 题

说到命题
我应该和春天举案齐眉
开一朵杏花
再落一朵桃花

我会张开羽翅
在微微喘息的天空下
像信使
送来阳光的问候

那一群黄色的小蜜蜂
是我养育的孩子
它们的香囊
溢满了甜蜜的酒浆

它们通往一个秘境
我则从命运的拐弯处
苦尽甘来

拨清波

那么多散开的波纹
像饵
圈住一种江南的相思
二月,乳燕初生
瓦楞被雨水洗得发亮
点一颗豆
种一株树
今年有好收成,待明年
小树蹿得更高

我隐于湖畔
蜗居石头之上,低垂着柳丝
钓明月,抱微澜
三千朵桃花
每一朵,都是我嫣红的新娘

桃花落

不用催着暖暖春风
不用忙着三月采茶
要慢下来
守着一季的桃花
悄然生长
等到一朵又一朵的桃花
灼灼开放
一个汲水的少女
恰好从桃树身边走过
瞧——
桃花瞬间落了
大好的春光一泻千里

静听夜雨

雨水一滴一滴
打着芭蕉叶
也打着窗外的白铁桶
夜幕
被一川烟雨染透
像一幅织锦
悬挂天边
我恍若一条豚
一种快活与新生
在江水中自由地游动
时而跃起
时而潜行
盛开着多年的秘密

风过的街道

风吹动女子的耳环
带来温柔的呼唤
在街道
久久地徘徊
一树零乱的花影
是令风痴迷
还是让一群蜜蜂
献出甜蜜的吻
一个少年莽撞地奔跑
只一下子
掀起一条街道的歌唱
车声风声人流声
涌向四面八方

梦里水乡

水乡
或深或浅
深处有大船慢行
浅洼有白鹭悠然信步
这一切
似乎又不是梦
多少年前——
两岸水草丰美
春天张开粉嘟嘟的嘴唇
秋天荻花飞舞
被鸟群的翅膀一齐抬走
而如今,所看到的水乡
应该称作什么
我不愿醒来
如一只舟子漂浮
请不要唤我
水乡依然是一场大梦

归 岸

渡口边的芦苇和薄霜
摇橹的老人和狗

风像刀子
削过平静的河面

远处无人
船身倒映出俊朗的青山

岸上
月亮圈住了一座纪念馆

晚

白云
寄给树叶一封信
姗姗来迟

雨后
我的鞋子
粘上新鲜的泥泞

我像一个伪装者
潜伏
时而孤单时而丰盈

我的江山
是一株害羞的木槿

望 乡

在城市住久了,我早已习惯
漫长而又庸常的生活
疲惫的时候
我就掐下自己的臂膀,让身体的痛感
强烈一些
证明我是思念故乡的人
如果谁看到眺望的目光,请不要诧异
我这样的态度
对于故乡,我宁愿是一株
卑微且倔强的草
在风中静静地生
一个劲地长
草儿知道,我的血脉流淌着血液
也有故乡的味道
我这个有籍贯有记忆的人
活着,每一天
都想在故乡的怀里
聆听方言数落着我的种种不是

恰恰如此，我仿佛一枚月牙
泊于辽阔的夜空，散发着清澈的光辉

月光如水

总有一些月光，像野猫
在屋顶潜伏，贴紧微凉的瓦脊
总有一些月光，拍打着水花
从谣曲里醒来，被故乡撞得满面生疼
总有一些月光，酿成一坛好酒
杯盏在手，却无力托住一滴眼泪
总有一些月光，伴随我的身影
丈量我和大地的距离，三尺之内
萤火虫低低地飞
一颗心慢慢地跟随，无论走了多远
还是回到月光的深处，如苏醒的河流
和夜一起爱着——
这不朽的尘世和万顷的芬芳

地图上的故乡

我和孩子一起在中国地图上
寻找着我们的故乡

山一程，水一程
我们擦亮眼睛，抖擞着精神
深一脚，浅一脚
我们披满风霜……

村口的老槐树
至今还在咳嗽，那些迁徙的鸟儿
为什么今年还不回来

一张地图，我们抵达故乡
而无比羞愧

风吹麦浪

在我的胸膛里
养育着十万亩的麦田

我爱那些麦苗窃窃私语
我爱那些麦苗迎风而舞的身影
我爱那些麦苗绿得令人流泪的忧伤
我爱那些麦苗饱满且成熟的欢叫
假如这些都不爱
那么还爱着什么——

我是麦浪之上
一个幸福的孩子
我和它们一起,品尝大地分娩的疼痛
也睁大眼睛,眺望静谧的星空
我希望和它们一样
在刈割的时刻
能够看到我的微笑
掀起一场金色的绵延起伏的波澜

梨花又开放

我种下一棵梨树
守望我漫长的一生

或许这样,我沐清露饮朝阳
挺直身子
在风中一次次
扬起轻柔的歌唱

安静的时候,我想着
如果还有梨树
就在身旁
我会停止无望的幻想和流浪

且到枝头,开一朵
两朵洁白的小花
我用乡愁一般的颜色和芬芳
去趟远方
又匆匆回来

这棵梨树
伸出柔和的手掌,拂去我
仅剩的泪滴

和一只鸟说话

在黄昏，一只飞鸟落到窗台
我蹑手蹑足地靠近
与它保持着三尺距离
还好，它没有察觉我的动静
我目睹它转动的眼睛
漾开温和的光
它一身漂亮的羽毛，在余晖下
愈加晶莹闪亮
我感叹着，真是造物主的恩典
这小鸟楚楚动人
轻盈的生命，也有一股柔软的力量
是的，它只是待在那里
不一会儿，就振翅远去
它根本不曾见过我这个俗人
更不会想到
对着它，我竟说出那么多的话
仿佛对着老友
兀自倾倒内心的苦涩和酸楚
和一只鸟说话——

感谢它，我的内心平静许多
像是晚风
吹散一天沉淀的灰尘

云上的日子

云上的日子,我仍然
像小时候一样,向往和遐思
我想象它奔跑如风的样子
我想象它一碧万顷的宁静

它独自享有的宁静
是深刻而孤独的体验,闪电也不能
撕扯它的胸膛
时光也无法抹平
它淤积的忧伤,只有一簇又一簇
奔涌的星辰,像是鱼群
含着芬芳的花蕊,赶赴下一个天堂

云上的日子,我爱它
软软的甜甜的相思
爱它被岁月抚摸的乡愁
爱它默默承受的苦难
爱它的体内,一头苏醒的雪豹

它追风逐电
它在云海之上，升起一座白毡房
哦，它袅袅青烟
仿佛家的味道，我一次次
抬头仰望
吮吸着幸福和不可企及的离愁

雨 后

一阵细雨,不知不觉打湿我的背影
我仿佛在飞,踩着这张夜晚巨大的乐谱

雨水浇灌一些陈年的往事,刈割的青草
又在返乡的道路两旁,茂盛地生长

我自诩胸怀广阔,揽万千颗星子
趁雨止歇,去捉几只十面埋伏的昆虫

秋天可以见证,远山的回音
始终在内心的长廊里,叮叮当当响个不停

雨在下

雨在下,江南的梅雨淅淅沥沥
我归还葱茏的群山,像苔藓张开耳朵

燕子衔泥筑巢,忙碌新的生涯
月季一瓣一瓣地开着,未曾忘记诺言

我过于安静,风拂动柳梢
没有溅起一缕若隐若现的涟漪

雨在下,蚕儿寂静地吃着桑叶
大地无私地接受,夜晚响起的大把鼾声

下一场雨,天自然晴的
在中年之后,我心持律令节制自己

所有的雨,打在脸上都是冰凉的针
所有的爱,一直被万物宽宥

风吹故乡

故乡,我是你遗弃的孩子
在幼小的胸膛
始终有一块沉淀而鲜活的伤口
多年前,我离开了你
再也不曾——
回到安详的村庄和甜甜的梦乡
你的青山知道
我抚摸你巍峨的额头
随同雨水落下慈悲的低吟
你的溪流看到
漂泊的游子
穿过暗夜单薄悄然行走的背影
我要爱着你,永远爱着
所有的沧桑
在你的面前,烟云飘散
仿佛风中的蝴蝶
隐入谁家的院子
被睫毛的篱笆扎紧,迎接风吹

窗 棂

蝴蝶翩跹,鱼儿跃动
借着窗棂,我贴上这些美丽的窗花

月光洗过我的脸庞
也抚摸一层散发檀木香的窗棂

这座小小的村庄
梦呓坠入结着微霜的草窠

窗棂的喜悦
总被深沉的夜幕悄然抖开

一只蝴蝶追逐另一只蝴蝶
一群鱼结伴溯流到初始的河床

谁翻阅泛黄的典籍
谁挥动一杆银枪,挑落片片白雪

窗棂隐而不语,天地寂静无声
一个归乡者搂紧风中的灯火

合欢花

允许我
被忧伤击中,深深地不为人知

看了这么久
她让我身陷美丽的危险
却来不及
像一片花瓣轻轻落下

生活的某个角落
我点燃一根一根火柴
那些灰烬
早已掩藏一颗绝望之心

我和合欢花的秘密
在于两者的相对无言
她的离开——
我无法把握,只能敲打寂静的天空

门

一扇门
站在我的面前
打量这个生活多年的人

一把钥匙
随时窃听寂静的秘语
我怎么听
也无法听到它心底拂起的波澜

我的影子——
像沉默的墙,被关在门外

蛙鼓蝉琴

夏季来临
蛙鼓敲打着天空
蝉琴将风声一缕一缕撕碎
为了生离死别
它们不竭余力地呐喊

这些素朴的歌者
从不隐瞒
自身的高音
一夜之间爆发

一只蛙，一个蝉
层层推进的鸣叫
像是给我戴上了紧箍咒
在时光的册页里
安心、安居
一直安静下去

借给蝴蝶一对羽翅

我需要找到一个替身
让他如草生山林,从容相爱
让他饮清泉吃野果,与小兽相伴
让他的胸脯,被鹿蹄踩出寂静的声响
让他举起一枚叶子,就能掀起一场风暴
让他还乡的心,起伏着万丈波澜
让他盘踞悬崖之上,脸庞溢出红色的泪
让他挂满雨水,在回忆里呈现高贵
让他借给蝴蝶一对羽翅——
给天空留下一道道热吻,波浪一般
传遍整座家园,他们活着
爱着,比我更加干净和幸福

第二辑　缓慢

我始终不能随同一阵雨
咆哮而至
给大地带来一场欢愉的恩典

窗 口

喇叭花爬上窗台
我需要
安静一会儿
在初夏的怀抱
那颗历经风吹日晒的心
滋生款款柔情

我日行千里的牵挂
仿佛一种解脱
没有预兆地
匍匐在一朵花下

万物向阳
一只蜂鸟啄穿了生死

雨水挪走我的晨光

雨水倾倒,钟声哑然
大地遭受蹂躏
家园失去血色
盛夏,陷入前所未有的悲伤

众鸟远去,晨光破碎
大好的青山,切肤之痛
像一块铁砧
凿进我的身体

雨水挥之不去
晨光渺无踪影
我羞于抒情和诗意,像是孩子
第一次感受孤独

鸽子飞远了

鸽哨展开
瓦蓝的天空,拉开了大幕
岁月静止
或是推动,我的眼里
溢满温柔的露珠
幸福就是一声叮咛
一声问候
一只鸽子,还有一只鸽子
像是神秘的使者
带来青春和花环
它们来过又飞走了
哦,原来我的爱一直在飞翔
让我的肉身
正在为爱颤抖

被装帧的岁月

我守着一座山,放浪形骸
仿佛落日坠入江水掀起的声浪

不过是无边的夜幕
隔开两岸
不过是铁器敲打脸庞溅出的火花

再也回不到
年轻时候,无所顾忌地敞开热爱与胸怀

其实,活到现在
我只是不停地折断记忆的枝蔓

我与过去相逢
又彼此沉默,一些刈割的草根
风吹日晒多久,依然在春风中生出新芽

像上唇
轻轻抿着下唇，随后是用旧的镜子
看我转身

蓦 然

我想过自己
应该怎样死去

每一种死法
都令我心惊、不安，陷入
持久的战栗

总有那么一天
告别人间
我愧对漂泊，波澜不惊

蓦然之中——
抱着一轮皓月，孕出十万公顷的苍茫和新生

春风拂面

从前,春风轻扬
吹走我的纸鸢,一架纸飞机
抑制不住地欢乐和惊叫
那时不曾尝过眼泪
原来是最小的一片海
在旧时光中,我凝望自己定格的身影
瞧,干净的脸庞
给岁月代序
现在,你飘过我的窗前
像一件嫁妆
展示着美、孤独,楚楚动人的温柔
我不能——
苦思或发呆,而要勇敢地抓住你
这茫茫人生
我们到哪都是命苦而又幸运的人
你低着头
我侧着身,无辜如初醒

煮茶的人

煮茶的人
守着时光,每天的心情
和这些茶叶
一道相聚、匀热
在一盏瓷杯中,慢慢变凉

煮茶的人
不问世事,偌大的院子
沐浴芬芳
或许成为一片茶叶
蜷曲或舒展
也是一种特别的温柔

我不能怀疑
煮茶的人,隐藏多少秘密
月亮弯弯
挂在屋檐下,这一天的生活
仿佛卸掉的担子
夜很深了,解开最后一声叹息

光 芒

很多时候,你是内敛的
某个角落
低低地飞,甚至被记忆
掐灭仅剩的光亮

一只
又一只萤火虫
在故乡的山岗,轻盈地扇动翅翼

只有夜晚涂满黑漆
这些萤火虫
小小的光亮,聚到一起
越来越大,形成一道光芒的瀑布
早已大过我喧哗的生命

老院子

我在这里出生、成长
一轮红日，跳跃在院子的上空

我学会做人，平静读书
父母在，不远游

而如今，父母迁到了楼房
老家的院子，月光下静寂无声

风一次，又一次吹着
两只小鸟，把一根晾衣绳当作琴弦

萤火虫

一只萤火虫的光亮
像一粒豆豆，在山野滚动
当许多萤火虫聚拢一起
你会发现——
天地之间，骤然溅起
波光的涟漪
让你忘却人间的悲伤
你的内心
燃亮了一盏橘子灯

一　半

流星雨正在下,我们见识了浩瀚的宇宙
秋风渐冷,山岗弓着脊背
无处隐藏

没有什么好看的——
剧场谢幕,众人皆已散去
我想起你的笑
有虎牙和小酒窝
莫名的忧伤漫过头顶,像是夜晚
把星辰和微霜搂在怀里
一半醒着
一半梦着

寄居者

寄居在天气里,成几滴鸟鸣
三三两两地落着
江南
塞北
唤醒大好春光,三千棵柳树一齐生长
婆娑起舞
我快乐的是,那些柳枝
痒痒地划过脖颈

这个寄居者,最终
停泊在一双鞋上
而它们,正适合我
丈量脚下的江山,在时间里
像钟摆
漫游或搁浅

平行线

我行走的轨迹
无论以怎样的速度、力度、角度
无论始终
无论心动还是风动

我渴望——
在下一个春天的路口
与你
深深地相逢

缓 慢

当缓慢是一种静止的飞翔
我渴求的状态,像一件银器
在旧时光中
慢慢磨掉性子,磨得愈发清亮

我始终不能随同一阵雨
咆哮而至
给大地带来一场欢愉的恩典

我只能固执地坐在黑暗中
读圣贤语录,饮茶
老了,怀旧就是一株从身体上
发芽的植物

与思念拔河

体内流淌钟声的人，肯定是早于黎明
醒来的人
他推开一窗秋色，长天旷远
山水茫茫无际
一轮晨曦，仿佛要带动他的上升
他挥挥手
还是无力地站在原处
有些伤口他必然经历的
比如等待，与漫长的思念拔河
他时前时后，只有影子
不再荒凉和寂寞

一直很安静

春天来了又看到雪花飞舞
火红的微笑
在昨夜的枝头悄然绽放

我相信自己
在岁月里熬着,能够安静下来
像是一把折扇
打开
则见风云
闭上
不露破绽

我从来不与过去纠缠,不为梦想
奔跑,那些虚幻的景象
因为一场倒春寒,掉落银色的鳞片
一棵细小的树,我望着它
就渐渐地高了

回到古代

回到古代，我愿意伫立《诗经》的上游
做一株静静的植物
荇菜也好，白茅也罢
随便一种，不羞于袒露自己的心事

期待着她们的出现，采桑的女子
还是浣衣的女子
哪一个从时光的深处，浅浅走过
都值得我深爱，为其黯然神伤

回到古代，我用竹简
放逐美丽的倩影
用白云传递一支流浪的谣曲
思念来自远方，我不惧怕莫名的伤害

只要在《诗经》里守着，活着
简单、朴素——
我临水而居
向阳而生，只取万丈阳光的一缕发丝

绿皮火车

其实，这列绿皮火车
一直在我的梦里
喷着热气，漫无边际地前行
仿佛要把时光
拉回岁月的深处

哪一座站台，我会等待
提藤条小箱
穿真丝旗袍的女子
她和春天一起姗姗来迟
羞怯地到来

这一等就是多少年——
鸣响的汽笛
总是提醒，两个刚刚相遇的人
别离就在眼前

沿着铁轨两根琴弦
蒙太奇一闪而过，过往的日子

依然青草葱茏
那绿皮火车，像是一只纸鸢
被风吹远
消失于何年何月

谦卑的王者

他站在这里，像一棵南方的樟树
笔直、挺拔，不肯弯曲
还有葳蕤的枝叶
给他戴上一顶神秘的王冠

他没有奔走远方，一如既往
爱着在他躯干缓慢爬行的金龟子
时常恶作剧一般
瞪大眼睛，逼退万丈光芒

事实上，他缺乏这足够的勇气与胆量
比如拂去月色的外衣
在清凉的夜晚，独自寻找
属于他的另一个故乡

他在等待什么
整整一个夏天，他不停地绿着
支撑一座摇晃的天空
而不倾斜，他的倒下还需要时间

在抽象的雨中

慢慢地走,看一看这飘动的雨丝
是否还在抽打
一场甜蜜的报复,但我搂紧
灵魂里的一块炭
让它见证活着
既有悲伤,也有幸福

如果继续走下去,我相信会看到
一道斑斓的霓虹
挂在我的额头,像一个深深的吻

麋 鹿

我的梦中，总有一头麋鹿
在轻轻跳跃、奔跑

它青春的四肢多么有力，每一次弹起、落下
把内心的羞怯与孤独也一同散开

这个清澈的黎明，我是如此幸福
呦呦鹿鸣——
它温润的唇上还散发着青草的清香

天　桃

我回到一个果盘中
回到一只手中

我坐在这里,心情慢慢地好起来
鲜嫩的果肉、饱满的汁液。痛苦被刷上绿漆

谁的牙齿,在风中一览无余
相反的我静思已过
记下了微笑的声音

怎么说呢

你走到积雪的背后,取一朵火苗
这个世界,安静是神圣的

你不会丢下一棵原野的孤树
独自去镜中
追赶一条雪白之路

巨大的疼痛啊
一个人在风暴过后
如同远空消逝的纸鸢

绿袖子

我多么想抓住那柔软的袖子
绿得透明,绿得心醉
在一支昆曲里
轻甩衣袖,却有说不尽的话
藏在心底
如果感到疼
那就疼吧,不要犹豫
绿袖子一直守在空荡的内部
与自己的呼吸
擦肩而过

香 气

这么深的夜晚
被一株栀子花占领
香气萦绕
仿佛那些挥之不去的思念

只一伸手
你就会接住一片花瓣
这昨日的情人
今宵正如此分离

“你爱着的是你”
请原谅，一个怀抱香气的人
说出了这道秘密
你芬芳四溢，隐在月光之下
悄然凋零

蝴蝶犬

我所看到的小兽
陪伴着美妇人
它有时蹿到前面,有时停在后方
乖巧,温顺
叫人怜惜

它不需要知道来历
也不去探寻归路
这只蝴蝶犬,不能像蝴蝶一样
翩翩起舞

妇人深深的寂寞
和它无关
那妇人一直喊它“宝贝,宝贝”
瞧,它欢乐地一蹦多高

穿越雾霾

更多的雾霾聚集一起
我独自行走,如此真实而又恍惚
像一场不可靠的记忆
存在还是丢弃

但事实上我无能为力
在阔大的包围里
我感觉越来越小,甚至不如
一粒轻盈的尘埃

要到多少年啊,我才能把天空
还原成一面铜镜
把大地铺展成一片牧场
把我的脚印悄悄抹去

穿越雾霾,就像人
找不到自己的魂魄

坏孩子的天空

小时候,我躺在山坡上仰望着天空
渐渐远去的云朵
令我不安,仿佛带走我的亲人
而现在,寂静的天空里
我总是听见亲人们的呼喊,等待风
把我吹得更远

也许,我不是好孩子
苍天之下,像一棵孱弱的野草扶不起来
或是依靠幻觉,一个孩子
慢慢长大,感受天空陌生的力量
隐藏着一场巨大的悲伤
被落日拖到大海

提着马灯的人

提着马灯的人,村庄
在闪烁的火焰中,不断放大
一支失传的谣曲
仿佛经年的回忆,露出青涩的本色

一盏马灯
一个人的心脏
从大地上徐徐站立,岁月之重
怎能压垮他的脊背

当大风为奔走的生命呼喊
这暗夜的舞者,收紧自身的疼痛
他一边拍打身上的灰尘
一边追赶不眠的星辰

提着马灯的人,穿过剪纸般的日子
拯救一场枯萎的梦
他洞穿世间所有的忧伤
像纷扬的花朵,掬起十万亩的微笑

我一直在路上

在路上
我走得清醒而又糊涂
高大的树
像小草一样飘拂
就连我的脚步,也溅不起一丝灰尘

为了某个约定
我停下来,看一看周围的景致
谁提着一盏灯
照亮我沉默且黯淡的日子
谁的歌声
在铜钟的内部久久回荡

岁月就是一帧剪切的照片
我用尽全力,也无法
拼凑完成的结局
我要到达的远方还在路上,我不能停留
在老茧凸起的部位
勾勒着昨天

我走进如梭的人群，低头赶路

——相信一场大雪
从唇角飘落
——相信大火
拯救一颗燃烧的心灵
我渴望行走，又害怕离开
风斜斜地吹着，似乎风沙灌满胸腔
把我吹成一个纸人

我一直在路上
木槿花悄悄地开，苦楝树
一声声喊苦
我卸下一吨的落日，把夜晚重新装订

十　年

十年像是一只飘飞的纸鸢
一直被记忆的绳子牵着

它飞得多高多远,拂动云朵的蕾丝和波纹

我不能追逐
只能仰望,那些年的好时光竟如一坛酒
慢慢空了

在一个人的心上
走出一条蜿蜒的小径

春光无限美
秋叶铺满大地
我深陷其间,又无法遏制十年比一生漫长

佛 灯

在一尺光芒里
我恍若一尾锦鲤，缓缓游动

目睹一粒燃起的火焰
仿佛我的内心，盛满了来不及
宣告的欢喜

请不要在宿命里久久地沉默
请不要揭开一篇忏悔词
烙下红色的指印

一盏灯，温暖普度
我搭救一只冰冷的手
泊于春水的岸边

我不去寻找失踪的自己了
佛灯正照亮我的肺腑
透明且高尚

我不能独自占用春光

今夜,春光外泄
不可阻挡,芬芳的花朵汹涌地开放

整个村庄,在梦境中浮动
月亮被一支古老的民谚洗得波光粼粼

我悄然行走
却分明感受到尘埃的重量,越来越轻

谁传来的一声呼唤
我的体内战栗着,响起了喃喃低吟

请允许交出自己,交出一生的情债
我不能独自占用春光,辜负河山万里的恩典

慢火车

终于有一天
一列行进的火车
像一匹老马,渐渐慢了下来

它还是它的面孔
绿色的车身,刺耳的鸣笛
不知经历多少旅程
人聚人散
眨眼之间,皆是过往

是的,慢火车
缓缓地靠上站台
我放弃奔走远方的愿望
忘却那个傍晚
那次不可遏制的酸楚

慢火车,它慢下去
哪怕速度慢过一只蜗牛
我也会在自己的血管里

拴着一列火车
它隐秘地前行,没有方向没有终点

一个人的江南

一个人的江南，是一曲呜咽的箫声
一只纸船悄悄驶过，带走漂泊的思念

他追随氤氲的烟岚，沿着青石板
一袭青衫，支撑着他不倦的孤旅

像一片嫩芽，在春天的枝头绽开
那些欢欣与安宁，都静静地蜷伏下来

他在时光中接受恩赐，在江南私语
爱和被爱，沉醉在一罐又一罐女儿红里

季节之灯

如果有一盏灯
点燃四季
我想它散发的光亮
在春天是绿色的,夏天是蓝色的
秋天是黄色的,在冬天
肯定是白色的
与四季融为一体

我始终有一个愿望
抱紧灯火
陪伴那个卖火柴的小女孩
让她在异乡
不要找不到回家的路

我知道,世间所有的冷暖
不过就是
一盏灯,一亮
一灭

寂寞的眼睛

白天的时候
我喜欢闭上一阵眼睛
不为所看到的景象
而震惊不安

疲倦了,就像风中的一朵流云
随便找个角落
躲藏起来——
这样,我不用亏欠什么
或是担心一粒沙子
跳入我的眼窝

但我知道,在暗夜里
寂寞的眼睛
还有一片银霜,暖暖的
不为人知,闪着微光

向美好的事物低头

向美好的事物低头
我会被阳光撒下的渔网,慢慢收拢
我要像一个孩子
睁着童真的眼睛
我还要吹口哨
给路过的姑娘听
每位祝福我的人都是亲人,我会在六月
为你们送上一份蛋糕
当然,更要向世间的善良
一切美好的事物低头,致谢
让卑微的身躯
始终孕育着一颗感恩的种子
让我美得不可分割
不屑一顾,把自己当成一株叫不出名的花草
在一季的思念中
静静地生
悄悄地成长,或许不被光芒笼罩
我还是忍住悲伤

寂然而又痴情地守在这里
被风举过头顶

和一场雪对坐

踏雪

有些疯狂,有些荒凉,有些寂寞的声响
雪花纷飞:洗掉内心的铁锈与灰尘

毫无疑问,我在雪中缓慢地走着
不想把自己,如闪亮的词语失去了支撑

年复一年的生活,总是充满意外和惊喜
一场雪的到来,让又轻又高的翅膀带走我的忧伤

一支温暖的谣曲
慢慢化开,如一团雪冷不防地砸在头顶

日子还在继续,趁暴风雪尚未到达之前
我要贴上新春的门联,把冻僵的钟声一路熨平

初雪

雪从高空飘落

肯定不会从低处起飞
这是正常人的常识。但就是现在
我埋头赶路,却看到一片又一片的雪花
往上空浮动
像被谁暗害一样,我茫然失措
心也在缩紧。——原来是有一股风
从身后偷偷袭来
刮起一些没有凝固的雪花,正还起劲地往前跑
我哑然了半天,一阵簌簌的歌声
倾诉着雪的生命,是有温度的

在雪下大的地方驻足

此刻,我不愿意走动,就这么轻易地破坏
洁白的世界
我的鞋子布满污水,随便走一脚
都会留下肮脏的痕迹

这说明,我对雪充满敬畏
并保持着深深的眷恋
趁雪下大的时候,我躲到一棵树下
这四处飘散的雪
暖和着目光。至少,等待一个事实
肯定会有一朵雪

落在我的鼻尖,然后调皮地打转

很长时间,我希望时光如一条蜿蜒的雪路
前脚刚走,后脚就会跟上
像一块橡皮擦
不声不响地把自己的记忆轻轻抹去

我像雪花天上来

我像雪花天上来
说出来,竟不知道羞耻
雪真的来了,我发出小小的恳求
让我变作一朵雪吧！这开不出花的身子
也去追逐梦中的芬芳

雪啊,难道你没有看到
这个男人快要成为一座报废的酒窖

——我在呼喊,干裂的嗓子冒出火焰
我需要一场旷世的柔情
像一块巨大的石头,被铺天盖地的雪覆盖

雪都化了吗

连续下了几天的雪

丝毫没有疲累的迹象，到单位的半个小时路程
我数了一下，有十二个雪人
看上去一个比一个精神
我知道，自己也在堆砌一个雪人
只是在无人的角落。开始很大，慢慢缩小
像小小的奶糖
就这么一直融化着我的幸福

失眠的雪

如果只用一个词语，形容这场雪
我会说：失眠

今夜，我踩在雪地上
独自拥有满世界的雪，或许这是唯一装载的财富
被我运送到昨日的村庄

我不想愁苦，不想欢悦
只去想亲人乘坐的火车，是否晚点
雪依然不紧不慢地落着，安静地陪伴
这个去接站的人

归来时，天已晓白
原来是被雪擦亮，那无法安睡的守望

——养育多少欢蹦乱跳的雪粒儿

和一场雪对坐

和一场雪对坐
我陷入旷古的忧伤
抿一口菊花茶
久违的温暖叩打窗棂
就像走进典籍中的隐者
内心被一簇火焰燃烧

红梅饮尽一滴热血
骨气飘散
无边的寂寞偿还一生的情债
那是一只白蝴蝶
停在岁月的枝头喘息

谁持钓竿
扔进冰冷的河水
和一场雪对坐
寂静发出沙沙的声响
我的融化还需要一次长长的等待

低处的雪

我总想在漫天的雪中

发出撕心裂肺的呐喊
可一旦剥开虚拟的我,就会发现雪聚集的力量
从四面八方,把我挤压

那些山峦,以及风中的大旗
静默如禅
我只是一个异乡人,怎能痴念铺天盖地的雪
瞬间轻了

低处的雪,仿佛都是我的亲人
我不忍看到它们
破碎,挣扎,被污浊不堪的泥泞
一一瓜分

雪思

穿过暗夜,一场雪跟着我
步入更深的寂静
仿佛远远的,有一个人
等我,在岁月的深处

我不孤单,雪越来越厚
很快就要覆盖周围的一切
包括灯火、窗口

还有我飘忽不定的身影

哦,原来还有一只红狐
在荒原奔跑
它寻找什么,在茫茫大雪里
左冲右突

我的遐思戛然而止
每当我厌倦
只要想到那小小的红狐
情不自禁地觉得,一种无尽的牵挂
还在静静张望

一枚雪花落入掌心

一枚雪花
多么孤单啊
我惊异于它的存在,在掌心散发
一层薄薄的温度
它尽力舒展着,贴紧
一丝怀念

它不要红,不要绿
不要五彩斑斓的霓裳

它只要白色的柔情，在流浪的途中
谁将它推到
我被生活磨砺的手掌
与阡陌交错的纹路，融为一体

第三辑　秋草黄

如果真有来世，请容许我
做一株草儿
不卑不亢，静静地抚摸内心的波澜

和树做朋友

如果可以选择，我愿意
和树做朋友
相对而立，聆听阳光吹响的絮语

他们谦虚且挺直的身姿
不多占一寸土地
对于命运，他们从不放弃希望
一次次将手臂伸向蓝天
抚慰流浪的白云

我与他们一道，肩并肩
不是为了抵御风雨
不是盘点逐渐扩大的年轮
不是陷入更深的孤单
我与他们守在一起，平静地活着
只为了留下一帧温暖的背影

如果可以选择转世，我愿意
做一棵真正的树

和树做朋友
哪怕我是槐树柳树香椿树苦楝树
随便一种什么树就好

安静的芦苇

在湿地
大片大片的芦苇安静下来
尘世的喧嚣
被风拒绝

这些集体的沉思者
就连一口静谧的呼吸
也是多余的

何况我这个俗人
本身没有抱负,更缺乏
过滤伤感的事情

这些芦苇,守着日出日落
我想一定是幸福地坚持,或是安慰

低处的阳光

浅浅的，在一片苔藓上
我看到了一朵阳光
温柔地停留

像是一句箴言
充满无限的可能，那些被遏制的忧伤
早已泛绿
含着深藏不露的秘密

或许阳光给予了足够的力量
苔藓舒展
改变着阴影的姿势

多么希望，这阳光
到达我的手掌，仿佛一只喜鹊
啄醒生活微小的疼痛

初 秋

初秋，我不想证明
它和我的名字有什么联系

一到初秋，我止不住地满心欢喜
仿佛一只小瓢虫
躲在桂花中
啜饮芬芳的露水

“天地有大美”——
我不需要这么多
只要挂念的人，此生安好
只要初秋的江山
像一幅绢本
挂到我的窗前

当中年来临

白发是中年的旗帜——

单薄的身躯,空旷的呼唤
我轻易地洞穿
谁的阴谋,开始聚集一次哗变

槐树下的少年
渐行渐远
我单纯的盼望中,一句轻诺
忍住最后的坠落

这无边的中年,我抓住自己的影子
相约安静——
既然轻舟不在
又何必载我,用一双手
抚平时间的波纹

秋草黄

草是不是秋天的舞者
谁能指出天涯与咫尺的距离,存在于一株草
到另一株草之间

我相信,草始终是返乡的主题
青草绿了又黄,黄了转绿,从不祈求命运的怜悯
只一味按着自己的性子
带着最初的激动和真情,紧紧地扎入大地

秋草黄,广袤的山野传来手指叩击的脆响
谁侧耳倾听,就会有一段旧日的谣曲兀自飞来
谁悄然离开,却已收获了记忆的倒影

如果真有来世,请容许我
做一株草儿
不卑不亢,静静地抚摸内心的波澜

北方以北

北方以北，我看见太阳
和江南的一样
闪耀着慈祥的光辉
我还看见涌动的星群
和家乡的一样，总有一双深沉的眼睛
悄悄为你守望
北方以北，在奔走的途中
一棵棵白杨
让大地记住柔软的痛
和微苦的呼吸
北方以北，许多人的命运
和我相似——
既有辽阔的相思，也有不羁的风帆
甚至一场大雪
遮蔽村庄，当雪消融的时候
我植下了一颗思念的种子
它不开花，不结果
就这么站在北方的土地上

一直醒着，默默承受清晨的露水
还有划过夜空的闪电

我的花园

我的花园,一定有许多高大的树木
还有早年的朋友
蚂蚱、天牛、金龟子出没
一群蝉敞开心扉

我的花园,没有门
没有铁打的栅栏
小兽们踩在大地的胸脯上
写满一行行从未抵达的秘密

我的花园,不分四季
苹果、梨子、葡萄,纷纷长大
那是为勤劳的人献出所有的骨肉
漾着纯洁的清香

我在花园行走
悄悄隐藏自己的身影

花开的声音

秋雨过后
桂花开始粉墨登场,簇拥一起
闪烁晶莹的光芒

谁能知道,在这浓郁的芳泽里
有一个行者
悄然醉了,不愿醒来

小小的花蕊
藏着一小片洁白的闪电
将我灼伤
放逐到霞光燃烧的深处

其实,在秋天
我的快乐就是倾听花开的声音
钻入肺腑
让我心疼不已,在体内
挖掘一口井
蓄满感恩且热烈的泪水

微风细雨

拿出一张信纸,随意地划划
写写,像是风
吹过湖面
什么也没有留下

白云悠悠,苍山已远
清泉洗濯天空的耳朵,让我倾听
时光的密语
淅淅沥沥,敲打着一个铁皮桶

心弦震颤了一下,仿佛
谁窃走我的怀念
一只猫咪的身影,从黄昏的头顶上
倏忽闪过

秋天的蟋蟀

蟋蟀，总有几只
躲在秋天的某个角落，叫声
若有若无

仿佛带着清露的微光
随时撕扯我紧闭的心扉
一下一下
敞亮起来——

霜降过后
一定还有什么，被我遗忘的
摸摸自己的胸口
那里还有一只蟋蟀
高一声低一声地兀自成调

入深秋

也许是薄薄的风声
扯开一道光
银桂的芳香
倾泻一地

我轻轻走过
生怕
伤害了秋天的小影子

在星空下
流萤一路向北
古老的秋天
被一只陶埙吹凉

我与秋天一起
摇着——
仿佛摇到了外婆桥
慢慢老去

晚霞的翅膀

降落之前
我必须完成果实的使命，一季的轮回
壮美的新生
要敢于，剥开自己
像石榴绽开晶莹的泪光

要守身，一只蜂鸟啄走疼痛
一阵风经过
吹去无辜的欲望
我不能沉溺繁茂的枝头，必须随着
晚霞的翅膀
徐徐降落

要相信
我掠取最后一缕霞光
不为染红灵魂的颜色，而是让占据
体内的八千座城池
被一粒灯火
又一粒灯火包围

欢乐的田野

欢乐田野可以这样来概括
从远处跑来一只兔子
近了
停了几秒钟
然后躲到稻草人的身后
我们去追，却什么也没有逮到

秋

写到秋，月光伸出猫的爪子往内心挠了一下
虫子、蟋蟀，高一声低一声
躲在某个角落，它们的倾诉带来莫名的感动
请让我挽住一缕风
修补梦中遗落的琴弦
请让我成为一块铁，一次又一次
接受命运的锻打

在一瓣菊花中，我吮吸着喜悦
在一片微霜中，我怀抱着甜蜜
还乡的路上，我的身影不会压垮无边的青草

两忘烟水里

整个美好的思念都裹在烟水里
即使到达了远方
但也会很快回到我的身边
回到静守的时光中,在我的指尖
成为一簇流动的火焰

你的面容,越来越模糊
甚至花开花落,也无法捎来你的讯息
我的微笑,像一张网铺天盖地
却捉不住一个轻盈的你
若鸟飞去

和机器对抗

一个人遭遇强大的对手
是和机器对抗
那久久攥紧的力量和疼痛
足够将他撕开

这早已失去回忆权利的人
敢与机器为敌
他的翅膀断了
连体内的钟声都流泻一地

在时光的机器面前
他不堪一击
体会着铁屑的幸福
和尘埃一样轻轻飘落

江水向前

向前,向前,江水抑制不住
自身的步伐
它们偶尔慌乱一阵
但很快收敛自如
大江拉起了脉脉温情的琴弦

我并不期待
一头江豚跃出水面,也不为一颗落日
醉入江底
而持续动荡的忧伤

人虚度中年,时间仿若
雪白的钓竿
当江水漾开千丝万缕的波纹
逝去如斯,钓者
为谁

半个人

半个人在树木的年轮里
居住，半个人拉着光阴的马车
他们合二为一
却扶起两个沉重的影子

他们时分时聚，在夜色消融
在春风奔跑
像一对流浪的孤儿
如何采撷饱满的果实

我用清澈的眼泪
为一个恢复自由之身的人
洗净了初生的灰尘

空心树

一棵空心树
偏安一隅
这枯瘦的肉身,仿佛辜负
多余的光阴

一只鸟
盘旋一会儿,还是飞走了
空心树,因为空空的内部
而变得不再诱惑

我怎能轻易地指责或蔑视
这棵空心树
为什么守着孤单的流云,被风吹响
苦涩的低鸣

空心树,裹紧内心的伤口
在喧闹的城市
一站就是多年

咬人的月亮

咬人的月亮,尖牙利齿
一小块一小块的霜,不知所踪

在我身上,它似乎没有
找到新的疼痛,投下了怜悯的目光

季节的尽头,一粒萤火虫低低地飞
月亮掰成两半,落在夜的对岸

啊,多么清凉的尘世和人心
无法阻止的命运,重复自己的来路

我保持肃静,人世间的悲欣
在低处涨潮,又在高处倾泻而去

星空浩荡,月亮咬得正欢
不管是老人孩子、男人女人、白人黑人

日落之前

喜欢夜晚大于白天
同理:喜欢黑暗超过明亮
有一种选择——
我偏偏喜欢日落之前
这白天与黑夜的交叉地带

因为早晨看不到日出
那么就让我眺望辉煌的日落

我心存敬畏
不敢倾诉悲伤
日落之前,一阵一阵的光辉
闪动着温暖的吻
扑向大地

一个人的麦田

小时候,我曾做过傻事
一个人待在麦田,捉蚂蚱
捉得多了,就用一根麦子串在一起

很快,黄昏来了
我在麦田大喊大叫,但无人理睬

我非常害怕,赶紧飞奔
到家后,发现我的两手空空

这么多年,一只小小的蚂蚱
在我的梦里
蹦着,跳着,大片大片的麦田下落不明

对长亭晚

借长亭一隅,湖光折射进来
我摊开心事
飞鸟啄啄点点,山色
伏在肩上
借清风一缕,炼一把宝剑
我不斩青丝
也不弹铗而歌
等着夕阳归来,共饮一江秋色
芦苇修长
芦花飞舞,足以构成苦难的源头
一个时间的过客
一颗小小的符号
还有什么不能遗忘的呢
此时,与一座长亭邂逅
我只是缓缓卸下疲惫的缆绳
骤雨至,蝉鸣阵阵

又一季秋凉

我愿意挤在虫儿的呢喃里
听梦呓,看菊花
一朵又一朵地盛开
我的一生,拥有多少个秋天
不值一提
且相守在这短暂的一季
我不远眺,不写衰老词
像一粒鸟语
啄醒银色的薄霜
我身上的枫叶将要落了
亲爱的——
请和我一道,徐徐飘落

秋　味

蛐蛐叫过
秋水流过
果果结过
梨花香过
风还吹过，雨还凉过
孤独有过
离别愁过
小曲唱过
月亮圆过
心已静过，酒已饮过
我不断缩小
被时间这块磨刀石
一寸一寸地磨过
群山怀抱黄金，乡愁万里
我，有泉水淙淙

一只鸟飞过

当一只鸟抖动羽毛的雨水
飞过我的内心

似乎它的到来,就是啄一把雨声
丢在一面玻璃窗上
噼里啪啦地响起,提醒这个屋内的人
一切的存在都是假象

天地之间,连成一条直线
谁能丈量
从起点到终点的距离

一只鸟,令我怀念
它瞬间的消失,像时光深处的某个情节
孤单而明亮

芦苇半枯

饱满成熟的身子，无力担起
一肩疲惫的斜阳

多少枯竭的泪水，凝成最后一滴
琥珀，我迷恋芦苇优美而短暂的一生

仿佛从忏悔中
剥净的夜露，我苍茫且又远大

与一根芦苇别离，这声叹息
一半燃烧，一半凋零

为来历不明的身世，消弭无声地抵抗

风言风语

风伸出鹰爪
掏空我的肺腑、肝胆和心脏

我成了一件废物
纸人一般,飘飘落落

我不念悼词,不写墓志铭
存在本身就是一季错误的花期

只有隐忍,像锡箔
被北风吹响一支彻夜的寒笛

什么都不说,我咬紧嘴唇不露破绽

傍晚，一场雨的情绪

傍晚，一场雨
是药引子
患上轻微的抑郁症
我用墨水瓶蓄养的蝌蚪
至今游来游去
在蚊帐里放飞的一只蜻蜓
静若磐石
秋雨霏霏，十万里的牧场
被一方手帕遮住
我怎能求助阳光
把影子
射到对面的窗台
一场雨，让一切都泡了汤
我俨然是雨水里
慢慢长大的一朵蘑菇
外表纤弱
浑身有毒
对不起，我忘记发出警告
危险——

我和大片的野草争挤着大地
不让一丝寸土

秋天，为一片落叶写真

起先是一片叶子,旋转着芭蕾
之后是更多的叶子
抱成一团
在大地上,展开驭风的翅

有几只虫子
攀附其上,一巴掌大的国度
那里是温暖又润泽的家

或许很快
垒起一座小小的坟冢
但请相信,一片落叶为自己证明
所谓的生死——
也不仅仅是飘飘落落

蚂 蚁

大地没有尽头
蚂蚁驮着群山
像雾岚，逶迤而过

一群蚂蚁
行军的队伍
穿过旷野，桥梁，直到
归隐黑暗的深处

我未曾爱过一只蚂蚁
但时而感觉
我的毛发
仿佛被它们的触角认领

我藏起利刃和泪水
微笑着抬起头来

秋风萧瑟

秋风扫过发辫
田畴寂静无声
用思念燃烧的枫叶涨满了潮
天地一条线
我怎么争——
都不和秋风争，在不眠的等待里
我放下修辞和歌唱
鸟雀归巢，桂香氤氲
孤独也是一种守候
在指尖行走
不过是刚刚拉开疼痛的帷幕
我只想悄悄地问着
秋风萧瑟
你会想起谁

无 限

走在秋天的雨中
我裹紧衣衫,只想让无限的寂静
不断缩小
小得听见一片叶子掉下的声音
小得令细雨交织的天空,摊开干净的道路
小得我与各种植物一同呼吸
小得鸟儿栖息我的肩头
我不能独自拥有,这么多单纯的幸福
必须唤回分散的羊群
一边赶着它们,一边不停地祈求
慢点,再慢一点——
将变暗的尘世走得生动起来

禅意的门外

我要敲响
一扇虚掩的门扉

去捻亮灯芯,把木鱼搁置一旁
去庭院走走
倾听昆虫们此起彼伏的叫声
而不厌倦

还有早开的菊花,最先在晚风中
敞开笑脸
我能感受这流连于黑暗中的幸福
易逝而又无比陶醉

只是我不停地敲着
自己的头颅
露水与月色融为一体
一场阔大且细微的悲伤不仅仅属于我

秋天的味道

在风掀起衣袂的一刻
在大地的唇语上
秋天的味道,呼啦啦地扑满一身

是的,我无比欣慰而又浸润其中

我要打马还乡
我要抱紧一根震颤的弦,插翅飞翔
我要涨满思念的潮水
升起一叶蔚蓝的帆

这味道不可阻挡！这个秋天
我深深地爱了
并让我咀嚼着幸福的芳香

我的江南秋色正浓

我的江南,宛如一枚邮票
贴在大地的信封上
等待谁的到来
我的秋色,仿佛漫山遍野的枫叶
浓烈似火
拍打着不竭的激情
其实,多希望——
我写下一场江南的爱情
会有撑着纸伞的姑娘翩翩走过
我聆听秋色的密语
就被月光酿成的桂花酒灌满胸腔
未曾说出的思念
在一阵紧接一阵的秋风中
抱紧我的颤抖
她的脾气正是我的脾气
她的高傲牵引我的高傲
彼此相连
和我一起掀开岁月旷世的帷幔

一个人的旷野

一个人的旷野,足够大
令我无法想象
目力所及,无法抓住天边的一朵流云

我深陷其中,内心的波澜
渐渐止息
像一面镜子,映照我的身影
正在旷野安静下来

这是我不曾抵达的地方
遥远,漫长
草色高过时间的台阶,我恳求
命运的宽恕
低下倔强的头颅

其实,我只想
站在一棵树的身边,欣赏彼此
微微战栗
旷野卷起无边无际的风沙,也不能

将我连根拔掉

原来存在很久,我还在等待眼窝里
蓄满清凉的泪水

原谅夜晚

夜晚放松下来，孤独
像是一串青葡萄
静静地垂着，那些孕育的苦难
将要过去
还在忍受命运的熬煎

万物皆是如此，各有各的悲伤
也有彼此拥抱的幸福
如果一个人的心灵
不再迷失
我相信，总有一首醉人的情诗
仿佛蓝色的湖泊
闪烁着优美的清辉

在夜晚，我告诫自己
不要对着一张白纸，渴望画出
奔跑的骏马
请原谅夜晚，让我成为

一颗清凉的露珠
悄悄滚落,带走我仁慈的叹息

秋月如烟

月亮的磷光正一点点剥落
他的胡须没有变粗,喉结没有增大
那个夜晚,桂香一样的忧伤
谁喝多了酒。一只蛐蛐弓背拉弦

但是远空的寂静,比黑洞还深
一个白衣男子正静静抽烟
大风也无法吹开迷雾遮住的眼睛
看到了什么,他被烟头烫了一下

那时候,一群蚂蚁爬上月球
这么多年一直不敢仰望星空,生怕一不小心
他像一块朽烂的木头
在秋月如烟的面前丧失激情,不堪一击

铃兰幽幽

远方有什么，一支船队
从马六甲海峡驶过
白纸一样撕开的浪花
溅湿了谁的睫毛。折断梦的潮汐

窗台上的那盆铃兰，神圣的静谧
……轻柔的呼吸
没有停歇，犹如一把盐
洒进琥珀色的泪滴，幽幽发光

初秋是安宁的，一切的疼痛开始平静
时光捻起胡须
而什么样的爱情值得纠缠，值得磨折
铃兰，铃兰。静如兰花，响如纯银的铃铛

路过秋天

在秋天行走，别离依依。大地铺满了十万里的薄霜
我用一根树枝写下名字，宛如一个纸团
被我紧紧地捏着，不知道要抛向哪里
如果天空离得再近一点，我可以追上大雁的翅膀

在一股突起的风声中
一定有我想要看到的真相，一定让我嘟囔着嘴唇
却又久久不肯闭合，像破旧的手风琴正在拉开

当我回到菊花的身旁，一夜之间
思念白了头，往事纷纷飘落
我必须保持壮美的绝望，带着越来越沉的内心

还有什么值得放弃，一群蚂蚁翻过一片洁白的花瓣
向高处迁移。我也跟着扛起苍茫如烟

九月九登高

请相信

一只又一只大雁，推着云朵在跑
是秋天最后看到的景象，它们不会落下来
在我的眼窝中，安营扎寨

甚至还来不及呼喊
大地就长高了半寸，我的身子微微地晃动
在秋风中茫茫一片，什么也没有看清

偶遇

如果我说遇到蛇，一定觉得可怕
或许现在皮肤上都泛起了疙瘩
但的的确确，在这条没有转弯的山路上
一条蛇正慵懒地蜷卧

那一刻，我失去了主张
是用树枝赶走，还是等着它自然地溜走
我犹豫不定

四周风吹草动，仿佛有无数条蛇
一起齐齐地嘶鸣

我终究绕路而行
快要走到头的路，被我无情地截断
生活就是这样，常常发生意想不到的恐惧
让我付出了更高的代价

一路走，一路想到蛇
它是不是还在原处，像一块巨石岿然不动

空地

绕过一座山包，我看到了一片空地
静静地晒着太阳

谁都不知道我的心思，此刻
我什么都不用想，就是和那些乱七八糟的草
成为兄弟

我坐在那里，目光扫过
突然发现我的影子，忽长忽短
它一直与我形影不离，好像洞穿我的伤感
还没有绝望

谁动了我的歌声

刚刚走下山坡，我就被谁的歌声
撞了个满怀
像鸟驮来的雨滴
一下一下，打在我荒芜的心上

我情不自禁地寻找，这神秘的歌者
仿佛离我很近，又很遥远

我试了试嗓门，想和这缥缈的歌声一道
缓慢地歌唱
我的喉咙却像生了锈的水龙头
一时半刻，无法打开

何时君再来

我还是离开，整个下午待着的地方
打着饱嗝
还有若有若无的酒气，让我恶心

不大一会儿，我停下车
站在路边
摸起一支香烟，然后看看夜空的繁星

那么多，像奔涌的鱼群

月亮在哪里，我搜寻了很长时间
也无法找到它迷人的身影

今夜无月，我在谁的护送下
进入了生活多年的城市，闪烁的霓虹
仿佛一条条鲸鱼露出水面，瞬间将我吞下

第四辑　享受

亲爱的，请和我一道尽情地享受吧——

我只想，在彼此的凝视里

慢慢老去

我应该这样爱你

当我老了
在阳光照射进来的阳台
你坐在椅子上
我给你剪指甲
先是左手,后是右手
再一下一下修复光洁
然后一副志得意满的样子
告诉你我还没老

午后的微风

翻卷一次,好看一次
走着猫步的风啊
把一丛丹桂
轻轻摇晃
对于我这个善良的过客
请允许休憩一会儿
哪怕记忆
推不开枝丫的门
犹记那年
你也和我一样被香气覆盖

临水芙蓉

我愿意写下芙蓉
愿意远远地凝望
不赶走
一只在花蕊中沉醉的蜻蜓
我敞开身心
贴着水面低低地飞
一块石片
溅起几朵微笑的水花
只开给你一个人看
在即将埋没的瞬间
我像一尾鱼跃向了半空

当我老了

我在给你剪指甲的时候
你说:慢点
当我老了,还是重复这样的动作
你不说话
只是用你的手,抚摸着我粗糙的手
那一会儿,我的眼神很明亮

静静地生活

如今,我多么怀旧
渴望一个瓷瓶
把自己删繁就简
长成一枝青青的桃花
只要你每天
洒点清水
只要你不忘记
把我晒一会儿太阳
亲爱的,等到夜晚来临
我会打开芬芳
不遗余力,露出灿烂的笑容
只为证明——
我是那么毫无保留地爱着你

大风起

黄昏是一块老绸布
在风中抖动
甚至我能感觉,你流淌的芬芳
展开双臂
我灌满全身

大风,停下来吧
请不要吹皱爱人的容颜
无论多么艰难与苦痛
我祈求你的笑靥
依然敞开万顷的思念

长久时

给你鸟鸣
给你杨柳
给你一沓诗稿
给你一声呼唤
给你这么多,对你的爱
像长虹吻过高空

犹记那年,你吹走我眼窝里的一粒沙

灯下书

我沐浴幸福的光芒
在灯下,为你写一首伟大的情诗
也许会在某个段落
搁浅着,像一只舟子
但很快又将拼尽气力,划向对岸
或是陷入无边的夜色中
想着从前,一起度过的悲与喜
我将绽开陈旧的伤口
无论你看到还是没看到
我如此相信,你的手指朴素而又温暖
一下一下地缝补
重新把一切都愈合起来了

如果爱下去

因为爱,我开始惧怕沉默的伤害
我一遍遍抚摸你的名字
又一次次解开缠绕的青丝
在清冷的夜晚
系住两朵花开的火焰
我只能这样弯下身子,像一位老农
面对春风吹过的田畴
抽一袋旱烟,满怀羞愧着走过
如果爱下去,我不说地老天荒
而是现在——
我可以长舒一口气,畅饮流岚
宛如一只鸟儿,驮起三千米高远的苍穹
它是无奈的
把重若磨盘的命运抛到尘埃的身后

倾听风声

每一次，我听到了不同形体的风声
它们微微的、密密的、斜斜的
像一根根细小的火柴
一下子燃烧了整座黑暗的心房
在伸手不见五指的日子里
忽高忽低，掏开我眼睛封锁的纹路
这边飞翔着翅膀
那边蓄积着热量
而哪一片风声，属于这个抑郁的人
我只想听到一串清脆的笑声，然后再捂住耳朵
轻轻地走开
就像我在你的梦里抽泣
随同窗外一件没有收回的衣衫
被风冷冷地吹干

微凉的四月

我们翻开悲伤的大海
每一次流泪,都是荒芜的诺言
碧波之上,一道金黄的光线
艰难地爬上断壁残垣,之后变得越来越轻
亲爱的,请容许我靠近
在一个暖暖的忧郁的四月,敞开心扉
我不想带走你温柔的呼吸
且让命运放逐
穿透一纸的洁白,不着一字
其实我的十指粗筋暴露,它们紧紧地抓住
微倾的天空,还有一张淡蓝的三角帆

享　受

我享受清风抚弄衣襟
我享受一抹暖阳灌满胸腔
我享受河流冲过内心的堤岸，浩荡向前
我享受路灯淡淡的光晕，笼罩回家的路
我享受一根白发，占领岁月的制高点
我享受大地铺展十万里的银霜，黎明轻轻呻吟
我享受木槿花开，蜡梅绽放
我享受镜子中的人素衣洁面，清傲依然
我享受秦砖汉瓦，檐下摇曳一串紫色的风铃
我享受蛙声阵阵，众荷放逐一舟星光
我如此眷恋着生命，给予飞翔的勇气
赐以坚贞的风骨
我热爱，并享受着尘世的一切
亲爱的，请和我一道尽情地享受吧——
我只想，在彼此的凝视里
慢慢老去

紫色的花海

第一片花瓣落下来
接着,这片花海悄悄地抽搐着
心房
一下子被什么掏空

要过多久
我的幸福才能填满
如果放弃了爱
我就没有恨
而这些,从来不需要理由
就像现在
我也是一朵颤颤的花

让我慢慢老去,时光的唱片
正面是我的足迹
反面是我的琴声

我只想抱着我的孤独
和紫色的花

一道等待更长的片刻
一道纷纷飘落

棉质男人

他的口琴，在唇边放牧羊群
他的呼唤，风吹草低

棉质男人
他十指洁净，撑开一朵洁白的雪花
在夜晚的深处，悄然融化

棉质男人
我认为他就是我自己
可他偏偏不信——
用孤独的锤子，敲开了一枚时间的坚果

寓　言

我是否还在倾听，动人的歌
在记忆的山峦盘旋
大风擂响一万面大鼓，多么尖锐

我是否还有温度，跟着一尾狐
在雪地里出没
它看到与之对视的人，却不能走近

如果世界停止了转动
我会不会吹灭一支蜡烛
让彼此陷入尘土，断裂的枝杈慢慢愈合

流 光

你进入夜晚
全身裹满芬芳

我进入夜晚
看不见自己的双手

像一个浮球
你把我拎起，又落下

风尘误

说说风尘
我们都会饱含辛酸

那些风,很轻
从内心的广场卷起灰尘

为了一次幸福
一个人光秃秃的,只要空气、雨水
还有一只灰斑鸠

像远去的风暴
又渐渐来临,大地抖动起来
这个春天,说什么都已经从眼前消逝了

短

蝴蝶栖在窗台
风儿掀开洁白的翅翼
一片纯洁的心事
有我
无我
夏天翩翩飞过

长

一个人搬着江河的流沙
吞下落日

黑暗
像一艘行驶的大船
拖动山脊

那匹马的铃铛
响了又响,一直在响

薄

一定是晚风吹着薰衣草的芳泽
最先抵达梦境
我仿佛贪玩的孩子
不惧夜深
不怕着凉，踩着露水的小脚丫
正好被薄薄的月光
洗一洗

春　天

微寒,微暖
万物呼吸,寂静发出沙沙的声响
一群鸟,在天空下
俯冲或消失,都是那么洒脱
就连筑巢
也敢于在一棵饱经沧桑的大树上,忙个不休
我小声说出爱,被谁听见
一朵花瞬间开了
接着花语如潮,一场浩大的花事正在上演
我怎能抑制
自己的欢叫,不加入这快乐的队伍中去
是的,我来了——
春天,我拾起鸟语花香
轻易地感动
如此幸运,在体内绵延着一派山河
还有从睫毛上升起的一汪露水

微雨微语

雨水也有温度吗
我从初夏的眼神中拾起
她溅落的水花
一块早已干涸的土地
只一会，溢满
欢喜的疼痛
原来疼痛可以这样，不需要悲伤
就能轻易裸露胸怀

雨落江南
栀子花挽住暮色
天地澄净
我臣服于此，听一阵晶莹的微语
洞穿在岁月的河床
隐藏的石头

我回味着这些细碎的声响
不能自持
仿佛一次未归的远行

还有伏在草尖上被浩大的雨水
洗净后的脸庞

今夜，穿过琴弦的月光

今夜,属于我
属于一个远方的游子
沿着夜莺之声
一步步抵达你湿漉漉的心弦

休说从前
亘古的忧伤无处可系
一叶兰舟
划过梦中的星河,一闪即逝

我看到,一根弦上
你是燃烧的舞者
我跋山涉水
越过另一根炙热的弦,与你相遇

我在月光下徜徉
在皎洁的月光下悄悄醉着
在你的身边
等待一场生命的轮回

月光隐去，琴音缥缈
我们不说悲苦
在雨季里，借一朵花的姿态
一次次绽放无尽的光芒

春 天

春天,可以是瓷瓶
折一枝翠柳
插入,等待绿色蔓延的时候
就会听见蓬勃的心跳

春天,可以是画框
裁一帘月色
映照,浅浅的忧伤若隐若现
总能看到莹澈如瀑

春天,可以是回响
三千里的波澜,流经多年不回的家乡
一只青鸟仿佛赤子
带去问候和祝福

春天,一年一次的春天
流水潺潺的地方,正在孕育梦想
有爱伴随的人
揣着内心的火苗,打马翻过山坡

我要拥抱每一个与我相逢的人
春天真好——
春天就在彼此的身旁，百花开放
如果爱着，请继续爱

在你身上流动的河

在你身上流动的河
一到冬天,是不是就要缓慢地结冰

你反复追问着自己
却一直不敢,亲身体验结冰的过程

大河蜿蜒地流淌着
你细小的血管,仿佛见证你与宿命的
某种联系

一只神秘的飞鸟掠过
三两片水花
一下子溅到你灼热的眼睛

对于瞬间的忧伤,你将错就错
和河流一道
冲垮岁月的堤坝

春天的欲望

就让我奔跑吧
我能感受到一股跌宕的风冲出包围
就让我安静下来
我能体味一簇灯花摇曳不定
就让我歌唱吧
我能打开生锈的喉咙
就让我丰满着
像一串樱桃,慢慢由青变红
这些声音一直在呼啸,在盘旋
它们拽起了我的每一根神经
把记忆的陶罐摔碎,仿佛我的牵肠挂肚
从来都是一泻千里,不可阻挡

此　夜

此夜很静，我甚至能听到烟头灼烫的呼吸
此夜，我行色匆匆
指尖移动，在白纸上描画春天
此夜，没有多余的悲伤
被我紧紧抱在怀里，宛若星光一样清凉

多少个夜晚，我可以轻轻歌唱
在诗歌中种植玫瑰、白云，还有燃烧的火苗
仿佛一支忧伤的蓝调
带上千万根草儿编织的纤绳
缓缓穿过我的耳膜，又被我赤手割断

此夜，一个人正站在祖国的高处
抚摸冻僵的泥土，微风拂过
大地上落满了酣睡的种子
我相信，一声又一声涌动的呼唤
迟早会把我交到空中发芽，却羞于生气勃勃

告别四月

我要说的是桃花正在衰败的四月
是河流悄悄囤积鱼群的四月
是我的眉头暗自打结的四月
也是深深留恋并在霞光中旋转的四月

十二个月,我都是一次次漫不经心地度过
比如冬天想象着逐渐老去
夏天被风吹凉脊背
春花芬芳,秋天的芦苇一眼望不到边
我唯独在这个即将过去的四月,像一枚铜钉
抵达坚硬的墙壁,始终不肯低下头颅

我真正表达的——
不是抹掉蹒跚的足迹,也不是折叠一滴眼泪
而是当昨夜的风吹来的时候
我想对它说:请带我走吧
翻过青青的山坡,把四月送进漂流的国度

叫醒远方

假若这就是爱，那么就爱远方吧
爱它葱茏的原野、孤单的树，还有飘忽的云
爱它浅浅的笑意和盈盈的泪水

我需要一个远方
像一把折扇，无论走得多远
我都不用伸开指尖，把微温的怀念悄悄变凉
因为爱，我怀着一颗柔软的心
正发出轻微的呼唤，如刚露头的芽儿把远方顶起

故乡上空的月

这枚月亮像一块吸铁石,一直被故乡的磁铁
深深地吸引着,如果我走得更近一点
似乎一伸手,都能摸到月亮眼窝里
长长的睫毛,我还不能这样唐突和孟浪
我还必须满怀甜蜜,好好地爱上它

但我无法避免相思的痛苦,随同一场大雾
把一根琴弦隐匿在月亮的背后,像蟋蟀蜗居老屋
把清晨的露水轻轻喊落

纸上的春天

我在一张白纸上,画春天真实的景象
桃花潭水哟,不过就是
饮下的一杯酒
倾泻的瀑布啊,那是谁
盘起的发辫

这纸上的春天,有一颗泪水
泡大的思念
至今没有腐败,跟随一根折断的杨柳
拂起昨日的伤痕
我还看见一枚蛋黄的月亮
躺在酒窝里,傻傻地不肯移动

瞧,春天多么恍惚
白云伸展臂膀,推开岁月的一扇窗户
奔雷唤醒了新芽
让大地内心针尖般地疼,绵延不息

我走在自己的春天,吐着小气泡

证明还有呼吸、相思
以及蔓延的爱
说着这些,虫子钻进花蕊
我拽着一缕风,笨拙地跳到新的枝头

来　吧

这个春天
来吧,赏花的人迫不及待

小桥流水,樱花大道
在我的身边
静默如初

一片春光
一壶清酒
永丰河倒映着内心的蔚蓝

今年再不来
我就是春天的罪人

来吧——
那些花儿,活在自己的快活里
我不能带走其中的一朵

在春光里做一个无所事事的人

我练习微笑,修补伤口
我活得越来越久,承受时间的行刑
我生长白茅草,开放垂丝海棠
我一直坚持——
与春风和解,默默地爱
仿佛感激
从未提及,却深藏不露

在春光里
我只想做一个无所事事的人
烹新茗,学雀鸣
写平庸的诗,读空白的书
我要飘起雨丝
钢琴曲一般,弹奏在辽阔的大地上

那些坛坛罐罐花花草草

那些花草
是兄弟,是姊妹,是亲人,簇拥在一起
他们的命运
大抵相同,来源于一粒种子
在阳光中舒展,在雨水里沐浴。每一株花花草草
都有自己的脾气和秉性
热烈或胆怯,放肆或忧愁……
我如此珍惜着大好时光,但总有一天
向他们告别。我确信真的老了
对于香气,熟视无睹
我等待着——
风把我吹走,吹得干干净净
宛如露珠
在坛坛罐罐的花花草草中,就这么倏忽不见

浅浅春色

春色,抱着这片土地
一个行走的人,逐渐放慢了脚步

仿佛一张乐谱被太阳的指挥棒
挥动,绽放无边的声响

往轻里敲
往狠里坠

请允许花儿没有正义和理想
盛开如昨
漫过尘世的喧嚣与欢愉

唯有一颗安宁的心
像一枚冷箭,扎向春天的琴房

谁还会动员一条清澈见底的溪流
向着湿润的青苔
不由自主地伸出一面手掌

见证一场季节之风

见证一场季节之风
吹开一万顷牧场的栅栏
吹开静谧的湖泊，跃起金色的大鱼
扎长辫的女孩，走在一幅画里
她的美丽和孤独，被鹿蹄
悄悄踩响
我以一棵树的疯长，被风吹起满山的热爱

就这样，让季节之风穿过我的骨头
就这样，吹散黄粱美梦和幼稚的幻想
猎豹远遁他乡
萤火虫零落民间
季节之风，不忍带走
呼啸的宁静，把削开的山岩尽情地抚摸

轮 回

如果可以轮回，我想
回到古老的从前
饮清泉，吃野果，像小兽天马行空
春天，我漫步山林
夏天，我追蝶而舞
秋天，我酣睡花丛
冬天，我踏雪无痕
如果你看到我那时的样子，请不要
脆嘣嘣地喊我，夫子
我两手空空，没有什么好给你的
为此非常羞愧
我认命，不去尝试更多的悲伤
在轮回中，游移不定
仿佛白昼
被雾霾笼罩
只等你吹一口气
河水哗哗流淌
天高一寸，地厚三分

似水流年

放下念想
某根记忆的枝丫，轻轻折断
从小种下的树
如今早已高过我的身子

放下清风之痛和果实丰盈的秋天
我的行走
水波不兴，衣袂飘过

放下隐士苦练多年的招魂术
当野草遍布沟沟壑壑
一匹马把我驮到时间的深处

放下江山
放下十万亩的苜蓿和一座星宿
那不竭的热爱
透过薄薄的唇语，像一场火焰

岁月没有对错

总有一些闪烁的眼泪
猝不及防地来临
陌生而又欢喜
我的眼泪，还能灌溉成一片海
让一只小船，暮年靠岸

那海面上飞奔的马群

洁白的马群，喷吐的火光
笼罩着蹄音浪花四溅
一群马渡过大海，把天空一分为二
正将黎明慢慢挤出瞳孔

我在远处，那弯月一动不动
固执地守望
抓牢我内心的礁石
又在探询我要纵身翻上第几匹马

跃过深渊，撼动冰山
它们不知疲倦地奔跑
仿佛逃离一次野蛮的追捕
在到达未来之前
我无法秉持这个春天最亮的灯盏

那高贵的，那飞翔的长鬃
——如多汁的薄雾
覆盖着我视觉的一个伤口

何时让我投入怀抱,重返故乡

也许此刻,我的呜呜悲鸣
被一匹匹白马抛远
就像绝望是一场雪
一次次侵入我的骨头,让热血越升越高

羚羊过山冈

这群奔跑的羚羊
比任何一座山冈都高
它们的四蹄如飞,火星飞溅
向着苍穹,把自己打开
咸湿的呼吸还要飞上一程
没有谁,将一闪而过

这冰冻的世界,只有青春依旧
我走在高地,缩着脑袋
太阳如一只霜打的果子
悬挂在我和这群羚羊的头顶
一个独行的人,无法追随羚羊的步伐
它们矫健的身影
风一样卷过漫漫雪地
坚硬的光,刺穿我的眉宇

是谁擎起了这些燃烧的火苗
我如芒在背,仰望不到自己的头颅

翻过山冈的羚羊,是一群又细又长的冒号
我的眼睛倾斜着不肯坠落
当我回到拥挤的城市
是否还能让我受到羚羊角的伤害

我早已麻木的内心被无休止的风暴席卷
不改初衷的是羚羊回望的眼睛

吹动的情绪

——题旅美画家李洪涛的同题油画

沿着这些野刺过去
再穿过一片大风

我看到花朵,叶脉
在山谷涌动
擦亮一座倒悬的天空

斑斓的花纹撑开相思
这疾走的火焰,消融初雪
我的身边,歌声
溅开一丝湛蓝
点燃我紧紧怀抱的灯盏

像一把揉碎的鸟鸣
我倾听着,远处
咆哮的雨水
摘走失去贞洁的闪电

——被忧伤抬高
我将自己弹向高邈而轻的苍穹

动听的生命

——题旅美画家李洪涛的同题油画

这片色彩，来自季节
最后一扇门扉
我从梦中醒来，谁
抽走了我的一根肋骨

被你捆绑在这片燃烧的火山
图腾之上，长箫呜咽
我飞走的歌声
是否还能张开无边的翅膀

我所凝视的
一条道路，幽深的黑暗中
涌动着春天少女的呼吸
在风中，轻轻叫醒
爱情白色的睡眠

只有你知道，我折下
无数缤纷的花瓣
我的额头，仍在守着一坛月光

穿越生命遥远的呐喊
像心脏无法把握的过去和未来

四月飞花

1

四月,有些花朵谢去
有些花朵结果

四月,多了一份念想
每一粒果实孕育和荣耀地生长

2

一个少年
在树下仰望,在光影里目睹
花朵的盛开或凋零

四月知道——
打量自己
都是善良而多情的过客

3

天空卷起，驭风之翅
四月一别
待明年相见

今年也就这样吧，日子匆匆
谁也不许迷茫
步履蹒跚

4

月光叮咚
敲醒一滴沉睡的露珠

最后一朵花落下
我不是唯一的聆听者

风居住的街道

1

风在哪里，和谁捉着迷藏
它是这条街道
唯一没有长大的孩子
一眨眼，我们都已过了伤感的年华

2

谁能握住风的翅尖
谁又能握住风小小的心脏
不解初衷的一生与寂寞相随，正如此刻
它来到这座飘香的客栈
但没有卷帘而进，如一缕叹息

3

风在呼天喊地，风在窃窃私语
在大风苍劲的歌声中
只有一双明亮的眼睛，挡住灰尘
在轻风醉人的呢喃里

还是这双眼睛,安静依然
像两颗熟睡的葡萄

4

风啊,多么颤悸地飞翔
它来自哪里,又向哪里迤逦而去
或长或短的队伍,穿过街道的白昼与黑夜
有时丢下一枚干瘪的花瓣
有时叩响门铃,又静止不动
它从邻家的女孩身旁绕过,却不惊醒
一个青青豆蔻的梦

5

在黄昏的街道,风仿佛插上翅膀的天使
缓缓移动美丽的身影
它要赶上一场婴儿的洗礼
还是要带跑白色的纸钱,只有它
是自己的主宰,不紧不慢地推动时光的磨盘

6

和风一样自由,和风一道忧伤
或许什么都没有留下
想想往事,就是这样不甘心

被无形的墙壁，撞得生疼
从认识风开始，那些流浪的脚步
不再失重，寂静的回响像心灵一样辽阔

生旦净丑

生

似乎是一场未醒的梦,响板声起
这个单纯的小伙,明净的绒毛
在摇曳的灯光下起伏不定
脚步
却结实地踩在大地的胸脯

也许是他的初次登台,他的长袍
时而舒展,时而收拢
一双痛苦而迷茫的眼睛
如哪座客栈,檐下的灯笼
弥漫着浑浊的气息,擦拭不净

渐渐来临的爱情,奔涌的星辰
谁背离内心的纯真
一剑在手,怎能斩断逼近的离愁
在这小虫嬉戏的夜晚
只记得一个好听的名字,霜落满天

旦

水袖飞舞，把青丝绾成一个高大的结
千枝杨柳不解风情
泪滴罗襟点点红，年年拍打
这风云际会的岸边

什么时候放弃苦苦的挣扎
雨在下，一滴清酒在黄昏含烟叠翠
留不住一个人易变的心
只能让欢爱浩荡，激情恣肆
每根汗毛竖起，如针

永远有多远，她小小的心脏动了一下
把一块银镯丢到白云的深处
眉毛高挑，轻含朱唇
分明看到自己的身影，停在十八岁的时光
那时多么年轻，散发着花草的清香
眨眼之间，仅仅是水中月一场空

净

手提大刀，落草为寇
钢刀般的胡须杀开一条血路

葫芦里不是蒙汗药，而是烈酒
渴了，抿一口
擦干阴霾，跃过青青山冈

夜晚来临，眼睛如炬穿梭异乡的草屑
脆弱的爱情
支撑不住一身的骨头
在风中嘎吱作响，铁石的心肠龇开一丝豁口

爱恨交加，蔓延如火，真想把世界烧得干净
不为永生，只求一瞬
蓝蓝的天
弯弯的路
何处才是归程，何时慢慢醒来，张开渴望的唇

丑

西皮流水哗啦啦
冬天是一个适宜做梦的季节
他低沉而苍凉的声调
拉不回如玉美人，一片浮云是他过冬的棉衣

只是打点精神，劈柴生火
他苍老的皱纹有根弦在颤动

满腹经纶,又满腹惆怅
挂冠远走,乘着一片叶子回家
那至今没有衰败的叶尖还有未融的雪花

良心和道德,永远没有重量
却一直压在他的心上
清晨,他推开门窗
一块红薯刚刚熟了,那是他唯一的早餐
而多少年的太阳,穿过冰川的封锁冉冉而上

一个人的江湖

读心术

两人在一起
一壶铁观音渐渐凉了

窗外秋风秋雨
唯有一枚叶子不肯飘落

坚持着，抵抗着——
谁是孤独的守望者

你向南，我向北
始终无法完成一次最后的拥抱

一个人画地为牢
久久地在岁月中静坐如石

腹语术

我有古莲子之心

被湖水浸润
生根、发芽，直到开出荷花

每一朵都向你低头微笑
或是喃喃低语
我尝遍了人间悲苦
只好用一只盘旋的蜻蜓
替代无尽的叙述

亲爱的，每次喊一遍
我的胸膛仿佛一座刚刚发酵的酒窖
好好爱着——
神秘的腹语，不远不近
像蜂鸟啄醒我的耳朵

互搏术

一手拉住骏马的辔头
一手弹着月光的琴弦

我不劝告它们
达成一份和解的协议

如果愿意

它们继续纠缠、交错和争斗

这世上,没有谁是赢家
也没有谁是失败者

我用一只手紧握人间的小悲欢
另一只手又慢慢松开

平衡术

满街袒露宋瓷的赝品
满街走过花枝招展的女孩
满街微信叮咚闪烁
满街相忘江湖却遍插茱萸少一人

我居然心动
战栗,这如梭的人群
存在或离去
并不是活着的唯一见证

拎起十万斤大风,不如一滴眼泪
那么沉重
一道横亘春天的门闩
被月光轻轻抵住

一树杏儿,在枝头微妙地挤压
嘘,这痒痒的幸福
请允许漫过足踝,向江水奔去
献出一条新生的江豚

易容术

随便找个地方,描眉
染腮红,娇娘一般
像一朵盛开的吻
飘在眼前
小蛮风搂住我的腰身,却掐不灭
扛起的一筐雪

那些时光,十二张令牌
一张催着一张翻转
我不是岳飞
舞动不了沥泉神枪
其实,我只愿与山水
谈一场旷日持久的恋爱
今生谁也不亏欠谁
如遇早慧的青草

隐身术

一觉醒来,我突然

变成一面雪白的镜子
我望着它
茫茫世界空无一人

每天备好的牙刷、牙膏，像是摆设
每天擦亮的皮鞋
灰尘一般安静
我走来走去
镜子又在远处徘徊

而我——
雀鸟衔起的一滴清露
被晨曦
咬得通红欲落

炼丹术

一枚朱丹
在炉子里拼命躲藏
无论怎样跑
还是抵不过一块炭的燃烧
成为小丸子

它的硬伤，缩成一团

它的柔弱，林中锦麟
我坐着空想，万物各有归宿
且不如炼丹
炼一世的觉醒和安宁

我听见一声出炉时霹雳的声响
炼丹者默默无闻
风雪再大
皇天后土，像一尾鱼游动

追踪术

捂住一团咳嗽，在风雨中
急进，沿着三叶草铭刻的标记
一路追下去

呼吸趁机作乱，粗细
不均，乌鸦在头顶惊飞

我不由得加快脚步
生怕
陷入恶鬼的纠葛

其实本无鬼。我回头一看

自己的影子
被一道绳索长长地挥动

占卜术

我捡起一只海螺，对着它
倾听远方
涌动的潮汐

大海，一座神秘的故乡
我赤足而来
又将迤逦而去

一个人举棋不定
像占卜者
面对突如其来的悲伤不动声色

我每夜掰开内心，借一缕星光
敲打
或抚摸骨头

这一辈子，我急着盛开忙着凋零

催眠术

这些花花草草，我请

它们休息
不要着急，在初春披上新装

如果不听话
我动用一根太阳的指挥棒
催促它们
赶快入眠，睡个美觉

河水日渐变浅
山峦触手可及
回忆嵌入一幅风景画框
落满枯叶

最后，我和花草都错过了大好前程
你看，一张素笺
一团雪悄悄融化

迷幻术

它们是魔笛放生的小蛇
蜿蜒着爬过
这个冷冷清清的下午

它们簇拥着暮色

席卷而来
仿佛被打了一针镇静剂
呆滞、凝重，而又不可抗拒

它们和我一道
探望老宅子陈列的一件银器
一捧薄霜
把月光擦拭得越来越亮

穿墙术

那年，一堵墙站到面前
轻轻一点
我跃过了万水千山

那年，一堵墙一拍即倒
但我不去
留下罪恶的掌纹

那年，一堵墙在冬天沉睡
苍苔满身
守着白雪的家园

如今，遇到一堵墙

我颔首，致敬
与它分享
阳光、蜜蜂和红芍药的馨香

第五辑　放下远眺

放下寂寞的群山，放下尘世的芜杂
请把内心的河流，用一声清脆的敲打唤醒
请护送一粒受伤的种子，穿过昨天故乡的背影

花　语

请让我捧起一枚湿漉漉的花瓣
在老去的途中
为你种下一亩阳光
等待百花开放

如果你悄悄地走来，请不要
打扰一朵花的梦境
在它温热而颤抖的体内
还有一颗自由的心
为你歌唱

我现在知道了
谁听懂这花语，谁就是有福的人
你的忧伤
仿佛昨夜的露水，飘然远去

向一棵树致敬

请容我,向一棵树致敬
我敬着它的苍茫与宁静,也敬着它的感伤
以及风中的呼唤

它兀立荒原
一半是葱郁的生命,一半是枯死的身体
在无数次的挣扎之后
它不再仰望苍穹
只拥抱着一份真实的温暖

像一位老者,它静静地倾听
我的喃喃自语,抚慰着我的不安
倘若岁月传来回声
那一定是它扬起了手臂,指挥一场盛大的演唱

在这个万里和平的下午,我分明被这棵树
带走,站在旷野
守望着黎明最先醒来的人

放下远眺

放下寂寞的群山,放下尘世的芜杂
请把内心的河流,用一声清脆的敲打唤醒
请护送一粒受伤的种子,穿过昨天故乡的背影

放下舌尖的火焰,放下无边的暗夜
请不要愧对每一天的安宁,不责备梦中浅浅的泪痕
请不要告别春天,在一首诗中铺满清幽的花香
请不要排斥万物生长的秩序,请不要收拢暮色的别离

让我们从爱上鸟的喧闹开始,那是和平的叮咛
让我们学会孤单,不再像一块时间的橡皮擦
慢慢退去幸福的温度

或者我们更趋近于轻轻抿着嘴唇
目睹江南,风烟飘散

讯　息

露珠还在枝头，它不肯掉落

风伸出柔软的唇
轻轻咬住，它雪白的身子

在它的内心，我似乎看到
一个被掸去尘埃的梦，丰富而又多情

是的，我一忍再忍——
那么多的花瓣纷纷逃离故园，它为什么还没有凋谢

像是我拼尽气力的一声呼喊
为了期待一次完美、华丽的转身

昙花痛

有谁能抱住这一团火
在夜晚，独自沉醉
那些温柔的蝶语，已经不会悄悄倾诉
阳光下的甜蜜
只是现在停不下来，它是月光的女儿
在对生活的一瞥中
它依然热爱，灿灿地开
一瓣
又一瓣
一颗洁净的心脏，远离那些炙烈的诱惑
它要的就是缓慢的力量
短暂的丰收
它小小的颤抖，很快就要在风中消失
别无眷恋了吗——
我问着自己，却抓不住它疲倦的身子
还有最后一滴泪

我拒绝

我拒绝手执刀片，沾满露水
刮去时光这把巨大的钳子，遍布的锈迹
我拒绝回到灯火阑珊处
以低垂的方式请求，停止层层奔涌的黑暗
我拒绝牵出一匹纸马，一对蝴蝶
我拒绝成为一粒尘埃，一捧流水
拒绝伤害、背叛，带着无限的寂寞
拒绝怀念、幻象，缠上扩张的绷带
哦！我只要现在的我
渺小但不自卑，真实而不虚饰
在流动的光阴中
扎紧春天的篱笆
如果我还有喜悦，请不要倾泻
像一朵喇叭花
张大着嘴巴，却不知道它的家乡
它的万里江山
一场沧桑无非就是独饮而醉，低声啜泣

倒 影

一棵树，还有一棵树
并排站在一起
在暮色中，滚烫的岩浆
和它们一道，掠夺了我的目光

但它们没有畏惧，还在轻声诉说
很多的话
似乎一辈子也说不够

我看见倒影，相互搀扶
经历了许多风暴
它们不怕伤害，不怕沉沦
隔着流动的水声
它们的心跳那么轻，那么近

一切都是完整如初，又是不可复制
在它们的体内
一定居住着温暖的灵魂
这么多年轮缓慢地生长着

它们还没有厌倦
直到分离

我相信,无论岁月走到了哪里
它们的幸福
同样在深处,根根相连
抵挡那些不羁的风

根

在伤痕累累的根上
一大片阳光
轻轻抚摸着

啊,这些岁月的记忆
请允许它们
暂时地安静和怀抱一个暖暖的梦

我们的目光,停下来
不要掀开它们内心暗藏的秘密

一条哭泣的河流
在正午奔走远方,只有根
紧紧地抓住大地,不改变最初的力量

它们把悲伤压下身底
在尘埃中绽放
我们悄然聆听,并穿过世界广阔的胸膛

与梅语

让我在你的蕊里绽放
冰冷的枝头
我们相互取暖,期待一场雪的覆盖
在短暂的世间,获取新生

让我轻声告诉你,雪的抚慰
比任何思念都要纯洁一些
让我赶走流动的暗疾,在灯火的尽头
还有一株梅
不能保守秘密的火焰

这时,我们说好不虚度的
圣洁的雪水
洗过彼此的身体,在夜晚
我变得越来越单薄
你越来越生动,还噙着一滴闪烁的泪珠

面对整个冬季,你让自己燃烧

我疼醒了——
像一条解冻的河流，打开春天的爱

有雪的日子

仿佛居于树叶之上,聆听雪的呼吸
洗净肺腑

我会悄然打开,过去的苦难
被一根枝条
弹到邈远的高空。我还在这里
捧雪低吟,做一个迷恋尘世的人

一片雪,引领我
上升或是坠落。但我滋养着一筐雪的柔情
倾其所有,找到
温暖的背影

有雪的日子,时间的重量
忽略不计,谁拒绝返回
乌有之乡——
哦,那是昨夜的人在茫茫雪地静静地行走

这人间,隐约传来了婴儿的哭声

一切正在苏醒

雪沿着体内的骨骼，开始融化

蓝月亮

夜色被一场浓雾，拖进
巨大的网中
一轮蓝月亮，也长满了毛

我怎能在冬夜深处
无动于衷
那么多的风，落到我的骨缝
试图改变，或是
甩一根纤绳
去摇晃这纹丝不动的蓝月亮

它究竟藏着什么——
命运未知的秘密，昨夜的故乡
我等待雾气散尽
在越来越瘦的柴垛旁，清点自己的身影

邮 票

这张邮票
像一只孤单的鸿雁
拉近我与天空的距离

它的热度,这么多年
还在手掌蜷卧,不忍离去
我生怕它一不小心
就会飞走

这邮票,藏匿在一堆发黄的书信中
镇住我内心的波澜
提醒着那个人没有走远
尘嚣过后——
风轻轻地迈起狐步

一张空白的纸张

一张空白的纸张,碎了一角
谁制造的事件
一直找不到真正的元凶

对待一张纸,我是不是过于苛求
哪怕是空白的
也让它平静如初
不要随便袒露岁月的伤痕

它不唱故乡的赞歌
不写爱情的高贵和苦难
这纸张,肯定经历些什么
才能不落一字

我为心神不定而暗自突围,请让它
指认主人姓甚名谁
抱紧大地
在夜色中入眠

想象一个下午

在山坡上躺着
眺望远去的云朵
惬意揪起忧伤，被青草戳得
一片阴凉

一群人，一些事情
被风吹得干干净净
仿佛一念之间
我举起手臂，指向远方

还有记忆
被鸟鸣，抬到更高的枝头孵化
这个下午，我怎能
刈割冠盖的荆棘

一张变形的脸
陌生而又令人怀疑
在虚度的场景中
我握紧一杯渐渐变凉的菊花茶

隐形的朋友

我学会逃遁术——
草木万千,只取清露一滴
蝴蝶,红蜻蜓,在时光的薄暮里
飞掠而过
还是留下震颤的音符
叮咚作响,我放下那些牵绊和伤害
与一个朋友对视
他怀有道德的洁癖,而不去诋毁
尘埃的击打
我在想——
还能找到他吗?这人间四月及茫茫一秋

时间密码

有没有这种密码
一旦发明出来，就无法破译
这最初的潜伏者
始终不肯露出破绽，在时间的长河中
影踪不定

我不能拒绝它的光临
从小到大，惯于服从律令的安排
河水时涨时浅
我站在渡口，再也不会
捡起小石片，去砸出几朵水花的欢笑

任由时间的密码，它无声传递
谁扯开迷雾一般的信息
谁看清昨日的容颜
我拍拍胸口，还有一颗不肯臣服的心
向它伸出嫩绿的枝条

在地面上翻看月亮

我多次写过月亮
这不停转动的磨盘,一次次将我
压紧、夯实
而又还原

仿佛玩一个古老的游戏
月亮就是我的对手,让忧伤卷起
越来越轻的尘埃
月亮提起我的影子
不发一言

夜空触及额头,我与月亮对视
早已泪水潺潺
我饮下一滴
必须压住体内的呼啸,像一棵草
向远方绿去

当时光停留

当岁月的针脚开始缝合往事的时候
我没有惊慌
一个人坐在夜的岸边
被上升的雾气
遮住身影
我终究被时间的锋刃,切开深层
吃过的苦,要咽下
没有到来的风霜,不要害怕
只要背后的花朵
还在开着……
只要心中的雪
还有一小片的洁白
我就知道,自己的气力足够应对
命运的无常和悲苦
只要我喜欢
就让风,吹皱一山坡的思念
让时光的舞步,发出清脆的声响

在长江下游

在长江下游，我寻觅古老的渡口
还有帆影飘摇，轻舟渔歌
一大片水鸟
瞬间掠过
在长江下游，那些搅动梦中
穿梭的大鱼
以及三千里的春天，盈盈笑声
一切仿佛都隐匿了
在长江下游，我没有打捞李白的诗句
也无力拦截喂不饱的采沙船
内心的隐痛
不偏不倚
像一块鹅卵石坚硬、倔强
被江水越洗越亮
在长江下游，我是一个孤独的行者
听风声，看云起
留下一个暗语
我止不住地惊异
为什么还在下游，等你

这是美的

这是美的——
燕子穿过雨幕，桃花推开窗棂
我知道自己不够好
还缺乏对岁月的警惕
那又有什么关系呢，我就是这样
让春天高过理想的诗篇
一个人听涛、揽月，在时光中
添一把柴

这是美的，美得不能节制
一只纸鸢带走我的尖叫
过去的日子
像一件洗旧的蓝布衫
我在大地上，掘开一口小小的井
一滴泪，若隐若现
我还需要波澜吗
呵呵，我浅浅笑了，有些脸红

在天空的面前

云淡
风轻
在天空的面前
我一无所有，一个人荒凉的心
如一块光溜溜的鹅卵石
此刻，它是多么寂寞
多么温凉
被一根水草摆动，或隐或现

镜子的背影

它动用一面雪白的镜子
照出我
单薄且不安的岁月

它动用一百匹骏马
驱赶我
不堪重负的记忆

大雪纷飞
漫山遍野落满鳞片

而它静默如初,唯有一丝光线
缠绕着自己

这个穿越镜子里的人
深一脚浅一脚
至今还在梦境跋涉

我久久地凝望

像一尊雕像，朝夕相处

哪怕听见镜子缓缓碎裂的声响
我相信——
连同背影
最终又旋转起来

风生水起

赞美一只蝉吧
茂密的山林,婆娑的树叶
这只哑蝉
像隐者止于最后的沉默

它放弃说话的欲望,也没有无尽的烦恼
只是自然中的生命
匆匆来临又即将别离

它究竟藏在哪里,失去微弱的呼应

我下山的时候,分明
被一只哑蝉,带进草木包裹的内心
它跟着我有力地叫唤,带动了一座山的歌唱

被雷声碾过的黄昏

雷声在头顶作响
闪电劈开沉闷的天空
我不向它们妥协
也不惧怕它们的伤害

我赶着羊群，回到丰茂的家园
我采集雨水，蓄满空白的瓷瓶
如果雷声响得持久一些
我相信，一定有秘密
在黄昏颤抖

所以我，挽住桃花的手臂
和春天一起——
在雷声的追逐中，目眩神迷

空格子

格子里的沙包不见了
格子里金色的阳光不见了
格子里蹦跳的身影也不见了
唯有我,还在画地为牢
织一方格子
守着一堆陈旧与黯淡的心事

恍若当年,那扎马尾辫的小女孩
在初夏的午后
一个人跳着方格子
小辫一甩多高,她跳来跳去
整个世界——
都在她的脚下,砰砰作响

而这么久,我还是好奇
她的小伙伴呢
那空空的格子
其实早已装满了时间的孤独

浅　醉

红枫叶,绿树林,大野寂静无边

且抚琴,低吟,像古代的隐者
邀一轮明月
共赏江山大好景色

此生奈何,一杯浊酒
斟满银色的波涛
人间纵有万千悲欢,怎抵过秋风中
一片向下飞的叶子

我记得从前的模样
刹那芳华,杜鹃花开遍了千山万壑

在时间的针脚里

时间的针脚里
总有清脆的声音，柔软而又绵长
嵌入
这丰盈的岁月的画框

潦草的风
横扫着，一个明媚的孩子
日渐沧桑
慢慢地，向不能溶解的生活臣服

我阻止时间下滑，像一只斑鸠
在林中寂静地鸣叫
听上去——
多少有些孤单和荒凉

时间的针脚里，我被一把老锯子
切割得越来越细
一头豹子

看守身旁，洞穿我的心思
时而狰狞时而柔顺

离　骚

阳光花大把银两
订购一支玉簪
插在花朵的发髻
什么花——
他不说，有些偏心
那些挤在角落，无私盛开的野花
却得不到
阳光的垂爱和眷顾
在败谢之前
她们集体高呼
他是一个浪子，放浪形骸
他是坏蛋
怎么骂都不够，骂着骂着
阳光突然“扑哧”笑了起来
整个世界
顿时倾满了芬芳的甜言蜜语

残　荷

来晚了，在这方池塘
我应该是真切而模糊的忏悔者

向众荷忏悔
向一声高过一声的蛙鸣忏悔
向红蜻蜓忏悔
向暮色中一对恋爱的人忏悔

我错过这个季节，与你们相遇
荷在水中
洗过胭脂一般凋零
我怎能无动于衷，清瘦的身体
柔软起来
与一株荷站到一起

现在，晚风静静地吹拂
我想该是倒下的时刻——
怀着一颗莲子的心

为来年的新生
留下一场持久且微微战栗的等待

微风隐匿的生活

我确信,跟着微风柔软的脚步
到处流浪
在一株狗尾草面前,揪下一簇草籽
在蒲公英那儿
吹走亲亲的宝贝们
我有些调皮,像个坏孩子
可看到谁的墓碑
我停下来——
无法阻挡一场奔涌而至的感伤
猝然来临,暮色低垂
仿佛要给大地披上一件火红的大氅
微风扯起我的衣襟
要带我离开,采摘更多的浆果
风知道,心灵的伤悲
来源于对生活更多的热爱
当然,我一定在微风里
衔鸟鸣,吮朝露
把太阳的手臂挽到天边

只闻茶香

一盏莹瓷杯
一捧嫩绿的茶
饮下三千里的春色,天地
豁然开朗

可以闭目,养神
可以念《道德经》,诵大悲咒
可以想象江湖
肃杀之秋,落叶纷纷
可以等待月亮升起,一个人的出现

茶香又一次温暖了时光
我敢于指认,你就是深爱的亲人

梅　语

梅花在诉说
温暖着内心的一块冰
白雪呵,飘了
一年又一年

梅花如一滴血,开在枝头
情思袅袅
一个梦境,从她身边经过的人
感知流动的火焰
炙热燃烧
并不伤害自己

梅花一朵一朵,前赴后继
要赶在白雪消失之前
拥抱未曾经历的怀念
用热血和怒放
在天地之间
留下尘世里人心的温度

青 黄

既有青,也有黄
季节不辨真相
不分善恶
这辈子,我要做到多少好事
才能换取内心的安宁
像银杏树一样
谦谦君子
微微笑靥
看啊,那叶子也是青黄的欢愉和鸣叫

朴 素

春天,我要向它
致敬和感谢
在小区一角,每次遇到它
停留一会儿
闻着它的芬芳,什么不用想
我不由自主地成为
一个有爱的人
内心明亮
朴素地活着,仿佛这株玉兰树
静静开花
又悄悄凋落

行　走

小径通向远方
村庄隐而不见，初夏的日光
不会伤害
单纯的人
去年持续不退的蝉鸣
犹在耳边回响
我确信，这里很快长上青草、树木
还有似曾相识的忧郁
面对尚未完成的画作，我只想
成为一个在画里
寂静行走的人
带着影子
在风中，越走越远

青石板

在小镇
陈旧的光线
洒在青石板上
愈加闪亮
每一个行走的人
沿着青石板
找回失踪的自己

日子慢下来
青石板
倾听时光的低语
从未提及
远去的背影
默默地承受着大地的呼吸

在小镇
青石板一路向南
延伸或曲折
仿佛无尽舒展的藤蔓

在春天深处
频频回首
不忘初心

秋浦歌

秋浦河，一条闪光的河

河水哗哗地流淌
一匹锦缎
飘在岁月的怀里，漫山遍野的花朵
诉说芬芳的情话

每一种花都想做最美的新娘
阳光不偏不倚
默默闪烁，掀起一条闪光的河

河水敞露三千里的胸怀，义无反顾
伴随一场桃花汛
推开春天思念的大门

而爱是秋浦河的生命
她迎来大地春光
一个行者走近了，他的脸上
栖息着一只轻盈的蝴蝶

秋浦河，把孤独赶走

我在秋浦河畅游
寻找李白留下的歌声

河水溅开微澜，两岸抱在一起
打一个招呼
又向远方平静地流去

天地之间，一座古典的中国
徐徐站立
我抚摸一条河的寂静和体温
聆听一盏灯火
为游子安置真情的归宿

今夜的秋浦河啊——
我醒着，梦着
孤独被一支船桨轻轻赶走

秋浦河，拍打着时光的温暖

从第一声呼吸捧起
谣曲纷飞，红尘不落
猿鸟飞得再高，也飞不出秋浦河的内心

我们同眠，同醉
我们春风十里，相思万朵
我们饮下清澈的河水
把故乡留在体内，不负亲人的叮咛

秋浦河，请允许我化作一滴水珠
伏在你的肩上
披霞光，裹月色
日日夜夜，一起拍打着时光的温暖

河有多长，梦就有多长
无论流向哪里
秋浦河总是第一个喊出我的乳名

马鞍山行吟

拜谒李白墓

除了一缕秋风,还有我
以及手中的一瓶酒
在黄昏,到达当涂这个地方
高高的蓬草,散落下来
仿佛诗人飘逸的长髯
茂密,不失激情
时间静若屏住呼吸的折扇
在伟大的诗人面前,我是渺小的尘埃
卑微、沉沦
一不小心,回到了唐朝
陪伴在诗人身旁
为他牵马佩剑,研墨倒酒
诗人的一声咳嗽
像是那些失散多年的疼痛
从竹简上
开出春花,荡过秋水
诗人还做梦吗

梦着是多么美好
我围着诗人，转了三圈
酒水洒下，在洇开的酒香里
我看到了
一朵泪花，微微战栗

雨山湖

每次路过雨山湖，我都放慢脚步
生怕行色匆匆
扰乱一面湖水的歌唱

湖水，一阵
又一阵动情地涌动
那是来自大地沉闷的胸腔，绵延而来

我期待着，拥有简洁而清晰的表达
与湖水一样
既不要惊涛拍岸，也无须
揽半天月色
让痛与幸福
跃飞出一条条金色的大鱼

姚家寨

步履轻松，在姚家寨

直踏青云
我俨然霸占一方的寨主
拂清风，拢鸟鸣
扯开一嗓子
就听见对面山头的情歌，如约而至

我练习了长久的隐身术
悄然止息
这里总有一面大鼓
敲响一场绵延且浩大的欢唱
仿佛要将一座安静的山寨，揽入胸怀

姚家寨，一枚松果是我的至交
坚硬的身体
藏匿着一颗芬芳的内心
我伴随多年的孤独
在松果面前，不值一提

我看到小小的我，从天地间走来
向着无穷的深处
阳光镀上了一层金羽，万物
生长，孕育着新的生命

凤凰湖

在凤凰湖,我一路走走
停停
似乎寻找一只巨大的神鸟

湖水
无欲无求,一张平静的面孔
划过流动的细纹

冬天的太阳,像是一块小雀斑
被风吹拂
显得格外生动

我的行吟多么谦卑
凤凰湖——
我在岸上,内心掠过一阵阵辉煌的鸣叫

甑山寺

在甑山寺
我没有举香火,敬佛祖
离大雄宝殿
十米之外

请原谅我的罪过

在甑山寺
做短暂的停留，我看到
一根棒槌
搁放在池塘边的石阶上
那一瞬——
我的心轻轻挥动起来

我说了一句“那是岁月的回声”
仅此而已
并沉默着，尊重甑山寺里
所有存在的事物

香樟树（马鞍山市树）

风高举一把木梳
抚过香樟树
一片又一片的叶子
如果从树旁经过，一定嗅到娇小的芳香
沁入肺腑
还会听见一种歌唱
滋润着，打开内心的琴房
阳光的絮语

在树木间交谈
与香樟树成为好朋友
这是良好的愿望
我所要做的,喊着香樟树的小名
香香,香香——
一辈子,在城市的行走之间
溢满幸福的味道

老秋的微笔记(代后记)

1. 写诗的过程,就是让自己过于忧伤的情绪慢慢稀释。也许期待的另一个结局,在诗歌结尾的时候,宁愿放弃这种深深的期待,而不陷入焦虑与困惑的沼泽。(2010-4-22)

2. 有的时候,人需要自己坚强起来。单纯依靠外力或别人等因素,很难一下子让自己清醒过来。所以我们需要自救,经常调整,让步伐走得更坚定,更具活力。(2010-5-4)

3. 只有我们等公交车,车子不会等你。也许仅仅错过了一次,但上车的机会就在你的眼前溜走。做任何事情都一样,成功前行都是留给提前做好准备的人。(2010-5-4)

4. 生活是残酷的,人不能苛求自己。对我来说,写诗歌就是自己的修行,在朝圣的路上,渴望看到天地之间,奔涌着澎湃的生命。(2010-5-7)

5. 一个人在夜晚,任情绪蔓延,夜色涨潮,而你重键轻敲,又何尝不是一支归来的桨呢?(2010-5-10)

6. 一个人的苍茫，在草原，可以入土为安，可以化身为露，可以和风、一些鸟、一群羊、一盏灯火融为一体。(2010-5-11)

7. 对诗歌没有更高的追求，能写就写，不想写就不写，读书、煮茶、栽花、饮酒，默默地在时光中，一点点老去。(2010-7-26)

8. 刚读到一首好诗，杨绛译，英国诗人兰德写的：我和谁都不争，和谁争我都不屑；我爱大自然，其次就是艺术；我双手烤着生命之火取暖；火萎了，我也准备走了。(2010-7-28)

9. 走在路上，清晨的风吹来阳光的絮语，我是满心欢喜。(2010-8-17)

10. 舍得是人生的大学问，既舍去，又放弃所得，此乃大境界。对于我等凡夫俗子来说，懂得割舍，才能催生进取之力。至于收获，只要付出了努力，当不在一味的期待之中。(2010-8-27)

11. 黄昏的时候，连续听了《红太阳》系列歌曲。想起当年，买了几盒磁带，就是纪念毛主席的歌曲，至今这些磁带都守在书柜的某个角落。拂去心灵的灰尘，依然听到战斗的号角，激情不灭。(2010-9-5)

12. 写诗就是抒发自己的情绪，而写诗歌之前，并没考虑要写什么轰动的大作品。现在回头看看，经典诗歌都是个人色彩和特征非常典型的作品。(2010-10-1)

13. 国庆节放假，在家蜗居，读书、写作，静静地打发着时光。节后上班，愈加懒散起来，头疼、胸闷，和睡眠质量差有关系。没有坏消息就是好消息，一切如常，任思绪悄然行走，也许在锋刃

上、在秋菊中、在晚霞里、在回家的放松之间。(2010-10-8)

14. 有时翻读旧作,检阅自己曾经走过的内心,那些小小的欢喜与若有若无的伤感,是多么美好而又沉静。(2010-12-10)

15. 昨晚在梦中写诗,被人批评写得一塌糊涂,还说我写了这么多年,还整这些没出息的诗歌。我还在辩解道说:你还不了解我啊,我只能写出这样的诗歌,自得其乐而已。后,悚然一惊,醒之。(2010-12-13)

16. 早上十点多,开始下雪,时停时下,一片片雪花落下来,感受到这个季节终于有了动人的事情。但现在,雪停了,只有大地上还没有来得及融化的雪,似乎提示着我们,它曾经来过。(2010-12-15)

17. 如果听到了这寂静的回响,请允许,我站在你的身边,像一簇灯火,流动无边的光芒。(2011-1-28)

18. 兔年了,我最先想到的是一首儿歌:小兔子乖乖,把门儿开开,快点儿开开,我要进来。(2011-1-30)

19. 有时想到在诗歌中的默默耕耘,与其改变自己,不如坚持自己,只有个性的,才能彰显诗歌的风度。(2011-2-4)

20. 美国诗人皮德森的《让我慢下来》:"让我慢下来/让我用头脑的平静抚平狂跳的心/让时间永恒的信念平稳我忙乱的脚步/在一天的迷茫中/请赐给我山丘般永恒的宁静……"(2011-3-25)

21. 偶记:人生就像踢球,你不进球,那就散场。(2011-3-30)

22. 夏天仿佛开始冒烟了,一个季节火辣辣地扑面而来。实际上,生命都在悄然变化着,有的人、有些事,该在的还在,该忘却的早已丢弃。对我而言,倦怠在时光的阴影里,平静的也是幸福。(2011-4-26)

23. 这个初夏的下午,音乐如水漫过我的心灵。如果我正要奔走远方,亲爱的人啊,请不要对我冷漠。我在琴弦上拂动,纯白的爱,在花蕊之间若隐若现。(2011-4-28)

24. 常念这句"源头既清,波澜自阔",时有顿悟之感,菊开之妙,月明之美。我的理解是和"前程有限,后患无穷"相互对应,相互映衬,乃一生所总结,还需要点化之德。(2011-8-28)

25. 在接小秋同学的校门口,碰到一位认识的老大姐,她远远地看到我,就喊俺:李吹渔,你的诗我经常看,怎么看不懂?俺狂汗,自我批评道:俺那是胡言乱语。一笑而过。现在想想,她说的话犹在耳边回荡。(2011-9-9)

26. 前段时间看到一句:云在意俱迟;今天又看到一句:鸟倦飞知返。感觉这两句妙不可言,顿悟而翔。记之。(2011-9-11)

27. 近日,曾经在矿山相处多年的狐仙突然来博拜访,除了留下一张小纸条,似乎无话可说。二十世纪九十年代,我们文学爱好者的小圈子,每个人都有自己的绰号,雪笠是老狐、归雁横秋是狐鬼、我排名老末是小狐,还有一位女性是狐仙。这一切,恍若隔世,谁能想起昨日我们守望文学的姿态。(2011-9-16)

28. 听彝人制造的《哭嫁歌》,充满感动。想起2006年底,

我穿越彝族部落的情景，那生生不息的壮美与忧伤，云朵一般，飘浮不定，又迁徙而来。(2011-9-18)

29. 重读了一些经典诗歌，发现那些打动自己的，恰恰就是那简单的几句，直抵肺腑，如梦方醒。比如庞德的《余生》中最后所写，“想一想吧：我经受了这场风暴，我顶住了流放”。比如普拉斯的《雾中之羊》中写道：“一朵盛开的青春遗落了，我的骨骼支撑起一片寂静，只有远方的田野，融化了我的心。”(2011-9-21)

30. 刚从天津回来，在路上奔波，几天匆匆而过。回到家里，看到阳台晾晒的衣服、养的几盆植物，还有茶几上杂乱堆放的零食小吃，这一切习以为常的事物，隔了几天，看看却是如此地熟悉、亲切和温暖。仿佛它们都是期盼我赶早回来的人。(2011-10-7)

31. 天空高远，人淡如菊。在这个秋天，自己变得有些莫名的浮躁和烦躁，让我时常产生一种眩晕的感觉。仿佛存在的一切，都是恍惚的。而我总是提醒自己，保持谦逊的姿态，在内心的国度，如水澄明、如月逸兴、如诗若梦。(2011-10-11)

32. 休假在家，读赵玫的小说，感觉她把人性、男女之间的情感刻画得那么锐利。好的小说，需要沉下心来，跟着作者抵达他所设置的情景中。而读完小说，顿觉尘世不过如此，我们经历了繁华之后，面对的还是一片虚无。(2011-12-3)

33. 周日，老烟两次来电，我都未接到。虽在同一个城市，大家都忙于各自的工作和生活，很难相聚一起。长时间没联系，我竟对他单位的号码不熟悉了。之后,看到两条未接来电的提示,我回拨过去,他暂时不在。等了一会,他再打电话过来,絮叨了一下。谈到我们相识的人,生活又发生了诸多变化,令人嗟叹不已。(2011-12-7)

34. 在市大剧院观看了俄罗斯经典芭蕾舞剧《天鹅湖》,在音乐、灯光的烘托下,舞者的表演出神入化。以前是在电视上看到过一些片段,这次是近距离感受舞剧的神韵和风采,受到震撼。好的艺术形式不是在于懂和不懂,而是获得审美的愉悦和内心的力量。(2011-12-13)

35. 夜读小说,把一篇小说反复阅读,读到凌晨 1 点多。真过瘾。伴灯夜读的感觉,就是一个人跟着作者的手,在文字中穿行,获得的快乐是自己的、秘密的,也许还在与作者抢着什么东西。(2012-1-21)

36. 窗外飘起了雪,先是干雪,现是小雪,似乎摆出了增大的架势。记忆中的雪,那么酣畅,那么放肆,只一会儿,天地之间就是雪的世界。我们在雪地上奔跑、追逐、打雪仗、堆雪人,这样的快乐怎么就丢失了呢?(2012-1-21)

37. 前几天,朋友把一个两个月大的小狗,放在我家养了一天。我逗它玩,笑死人的呢。特别是那双眼睛,与我对视,把我的心都揉疼了啊。要不是嫌小动物脏,真想抱养一个。(2012-2-1)

38. 不束缚自己,不被外力束缚,这样的状态,轻松而愉悦。正如一场连绵的雨天过后,微风吹花瓣,阳光沙沙响。于我而言,有些忧伤不再了,有些挣扎可以放弃了,有些激情不需要了,有些梦想终究还是碎灭了。也许,我能够在万丈红尘中慢慢找回我自己,一个清醒的梦游者。(2012-3-1)

39. 看了一篇小说,方方的《声音低回》,感动得稀里哗啦的。俺都一大把年纪了,没想到还是这样经不住文字带来的情感冲击。刚查看了一下网上对这小说的评论,原来很多人都是眼泪飞飙(原话)。生活就是小说,可好的小说,远比生活本身更加复杂,甚至成为一个没有答案的谜。(2012-3-9)

40. 电影中有几句对白,“我对你爱过,但那是很久的事,现在都记不得了”。就在这瞬间,我的心突然被扯紧。电影和我无关,主人公以及对白也与我无关。但还是被深深地刺痛了,也许时间可以剥离一切的疼痛,那一块伤疤,像一片叶子轻轻落下。(2012-3-29)

41. 在江心洲,乡下的一切是那样熟悉而又陌生。一群小鸡叽叽喳喳;一些鸭子在池塘嬉戏,其中一只鸭子觅到一个大虾,它赶紧游到僻静的地方,享受着美味;大黑狗围着我们跑来跑去。我们还深入空旷的林地中,在寂静的角落,看到一只小羊,它头顶的两个小角,硬硬的,这是我们第一次抚摸小羊角。(2012-4-3)

42. 步行去单位的途中,在一家小超市的门口,碰到两个人,其中一个年纪长的看到我,主动伸出手,面带微笑打招呼。我只好迎上前,握手,寒暄了一句:很久不见了啊。但其实,我对这人一点没有印象,今天一天都在想这究竟是谁呢。不好意思,是我

忘记呢，还是他认错人呢？(2012-5-3)

43. 空闲翻读《毕业纪念册》，看到同学们在1992年6月写给我的临别赠言和老师的寄语，恍然如梦。这是20年来第一次细细阅读。那些成长岁月中的疼痛，那些温暖的祝福和期待，随着发黄的纸张逐渐打开，经年之后，在某个瞬间，汹涌而至，如一树繁花，不曾败谢。(2012-6-12)

44. 清早，我看到路旁一棵棵银杏树，金黄的叶子，在风中抖露闪烁的银光。我不禁满心地欢喜，而昨日的烦恼与不快突然消失。这些银杏树仿佛金甲卫士，它们自有一颗不羁的雄心和气节之美。很多人都从它们身边匆匆而过，一定也有我这样悄然驻足，为它们感动，甚至想成为枝头那一抹温软的阳光。(2012-11-21)

45. 突然想起某个人或某件事情，往日飘荡着怀旧的气味。那散发的温暖，给孤独披上一层外衣。在不经意间，一个人远行而又归来。可是，一只思念的小小的拳头，不停地捶打着自己。我所经历的一切，总有一点响动，就像檐下融化的冰凌，我仅仅听到一滴，可我的声音，却点燃了记忆的山峦。(2012-11-23)

46. 这么大的雾，尘世的喧嚣，被一团一团的雾气裹挟着，缓慢地流动。大雾如童话，我分不清世界就在脚下还是沉入缥缈的梦境。雾如此冰凉，让我的头发、眉毛留下新鲜的印记。这时候，我愿意在雾中消失……四野弥漫的大雾，像人间一次哭泣的狂欢。(2012-11-27)

47. 以前，一年的结尾，我盘点一下当年的收益或损失。可今年，我决定不这么做了——不感伤，不忏悔，压住一朵虚妄之火。那些消失的场景，一去不回头，我怎能像只鸟儿，站在空荡荡的枝头张望。又一年，我要好好的，当写到这里，一列呼啸的火车驶过峻峭的山冈。(2012-11-29)

48. 清晨，喜鹊在叫，大地一片安详，多好。夜晚，点点星光，铺成一条回家的路，多好。一天，我的胸膛都是清脆敞亮的样子，多好。(2013-1-21)

49. 坐在夜晚，捻亮一盏灯，橘黄的光晕罩着我。一只蛾子，飞来飞去，甚至扑到我的额头。我没有惊动，这小小的飞物。但我知道，一种僵硬的内心，在夜深的时候，曾经响起过一阵生动的欢呼。(2013-1-23)

50. 去年和今年担任市中华经典教育诗歌大赛评委，阅读学生诗歌的过程中，我早年的记忆被唤醒，那也正是我上初三年级爱上诗歌的时候，单纯、懵懂、青涩、冲动，多好的年华啊，就这么一眨眼，我已人到中年，幸好诗歌还在，梦还在，不变的是那颗燃烧的心灵。(2013-12-13)

51. 昨晚9点多，初中同学chen打来电话，和我聊起早年读书和写诗的事情，并谈了对我诗集的印象：变化不大。我说是，我还是我，变化的只是时光，不变的还是自己那份抒情的基调。现在某些时候看来，似乎矫情一些。谢谢chen，见证着我早期写诗的日子，与我分享诗歌不经意的美丽和惆怅。(2014-2-10)

52. 万物静默如谜，我自微笑如花。晚上，翻阅了自己最新所写的几首诗歌，突然被这些文字感动了。也许对于别人来说，仅仅就是浅薄或粗鄙的文字而已。可我还是如此爱着自己的诗歌，好与不好，都是我的。这是我对抗漫长时光的一种方式，我还想轻轻地说：诗歌，春安。(2014-3-26)

53. 年轻的时候，俺看待问题总是往悲观的方面去想；现在人已中年了，对待问题却总是往积极的方面去想。这是俺现在人生的信条。谋事在人，成事在天。尽力而为，无须后悔。(2014-8-14)

54. 一场浩大的秋雨过后，桂花香，那个香的，钻入肺腑，香得俺心疼。(2014-9-2)

55. 朋友闲聊，说最近喜欢听相声，要给自己找点乐子，要不生活哪里还有一点乐趣。我觉得挺好，现在的年头，还真是这样，关键是仅有的乐趣也不好找了，人人似乎都在浮躁和焦虑中。所以我更要调养好心态，为一点点的小念想、小安逸而满足、感恩、鸣谢，为自己鼓劲。(2014-10-11)

56. 昨晚睡不着觉，就爬起来，拿笔在纸上涂鸦了几行。随手拿的纸，还是药房的收据。"霜降过后/一定还有什么，被我遗忘的/摸摸自己的胸口/那里还有一只蟋蟀/高一声低一声地兀自成调"。(2014-10-27)

57. 我始终告诫自己：做人要大度，做事才有大境界。朋友告诉我：前者是别人评价的，后者是自我评价的，如何能够平衡呢？诚哉斯言，让我茅塞顿开。原来这么多年的信条，竟都是给自己找一个安慰的理由。难怪我是不断折腾，和自己较劲。

(2014-10-30)

58. 有时候,我喜欢发呆,像是老僧,淡然寂坐。禅定或入梦,木鱼声声,在时光深处,随同尘埃飘浮。(2014-12-25)

59. 前不久,我参加一个诗会,一位老人家对我说:她在旧书摊花了3元钱,买了我的诗集,他给了我的书很好的评价。我没书送她,却让老人家花钱买书,尽管在旧书摊买的,我还是很不好意思,让老人家破费了。(2015-1-7)

60. 在市大剧院观看了音乐剧《聂小倩与宁采臣》,一场新版《人鬼情未了》,固然很精彩,其实我是很平静的。而我读书的时候,读到石评梅写的诗:"坟草年年一度青,梅花无主自飘零;定知魂在梅花上,只有春风唤得醒",她与"生如闪电之耀亮,死如彗星之迅忽"的高君宇之间的感情,更令人动容和感动。(2015-1-7)

61. 以前上学的时候,和父母住在一个大庭院里,院里栽着一株栀子花,陪着我的读书时光。那香直往心里钻。记得在一个傍晚,我搬张藤椅坐在开花的栀子花旁边,读徐志摩的散文,想象林徽因,此情此景,怎不令人沉醉。(2015-2-6)

62. 我喜欢唯美、干净的事物。有的时候,我对自己说,是不是要多包容些,允许那些乱七八糟的东西污浊我的眼睛?可我还是难以做到,性格使然,就不勉强自己了。(2015-2-12)

63. 我现在回到书写的状态了,感觉如此美妙。以前是手写;熟悉了电脑,就尝试着临屏,适应了很长一段时间,写诗直接对着电脑写;前几年,我又开始手写了,想到什么,只要有纸,随

时记录，在纸上修改后再到电脑上敲字。在纸上让文字行走，感觉心灵更有温度。（2015-2-17）

64. 开春一过，我是忙碌了些，焦虑了些，烦躁了些。好在还有诗歌，唤醒内心的柔情，那些尘世的喧嚣和我无关，那些聒噪的吵闹和我无关。让诗歌回归本真和沉静。这样好。时光总是淘洗什么，该留下的总会留下，该逝去的自会逝去。（2015-5-2）

65. 单位大院里总有几只流浪猫，其中有只猫，每次看到我，都会优雅地走过来。我也不知为什么，和它对视，我的内心泛起柔软的波纹。却不敢和它亲近，怕脏，还怕它咬我。我的的确确非常喜欢它。（2016-5-4）

66. 家中的书越堆越多，整整一面墙的书橱都装不下了。闲书乱放一通，实在有碍观瞻。买了简易书架，忙碌了一个多小时，摆放经常翻读的书。把这些好伙伴请到小书架上。对不住，委屈了；排排坐，陪着我……（2016-5-5）

67. 外面的江湖很大，不属于我。我只要一条春日的小溪，阳光均匀地洒开，触摸水面，有浅浅的温度；探入水底，有深深的凉意。那些欢乐、忧伤的日子，仿佛一条条小鱼，清晰可辨，又无从捞起。它们的快活，何尝不是我内心的大自在。（2016-5-21）

68. 德国哲理诗人荷尔德林写过“诗意地栖居在这片大地上”，高晓松的音乐写道“生活不只眼前的苟且，还有诗和远方的田野”。其实每个人对于诗意都有自己的理解。我所想到的诗意，应该是一书、一茶、一烟、一椅，时光在身旁垂落。远方已

远，我不去追寻，只愿在庸常的生活中，诚恳地活着，优雅地老去……（2016-7-12）

2018年4月整理于老秋的新浪微博